発刊に寄せて

豊かな自然に恵まれ長い歴史をもつ小川町《おがわまち》は和紙や裏絹等の伝統産業も盛んでした。そこには町の先人達が営々として築き上げてきた数々の文化があり大きな資産をなしています。町長就任以来、この先輩達が築いた町の文化と資産を生かし、活用し、いかに発展させるか私なりの工夫と努力を重ねてきたつもりです。

その一つに平成十六年春、町内外の叡智を集めて激しくご議論頂いた「小川町活性化プロジェクト」があります。「仙覚律師の顕彰と万葉歌の紹介」もそこでの大きなテーマの一つとなり、早速駅前から小川町の目抜き通りの道筋に七十本の万葉モニュメントを建てて、以来「万葉まつり」を開催してきました。

幸いこのモニュメントをめぐる散策が好評であり、この度、町の歴史や文化を築く為に尽力頂いた先人達の顕彰も織り込んで、町を訪れて下さる日本全国の方々へのガイドブックとして本書を刊行することと致しました。

何卒、一人でも多くの方にご愛読いただき、わが小川町の魅力を感じ取っていただけたらと希うものです。執筆頂いた皆様に心から御礼申し上げます。

小川町長・小川町観光協会会長　笠原　喜平

●目次

18　天離《あまざか》る　鄙《ひな》の長道《ながち》ゆ　恋《こ》ひ来《く》れば　明石《あかし》の門《と》より　大和島《やまとしま》見ゆ　巻3・二五五　柿本人麻呂

19　近江《あふみ》の海《うみ》　夕波千鳥《ゆふなみちどり》　汝《な》が鳴けば　心もしのに　いにしへ思《おも》ほゆ　巻3・二六六　柿本人麻呂

20　桜田《さくらだ》へ　鶴《たづ》鳴き渡る　年魚市潟《あゆちがた》　潮干《しほひ》にけらし　鶴鳴き渡る　巻3・二七一　高市黒人《たけちのくろひと》

21　田子《たご》の浦ゆ　うち出《い》でて見れば　真白《ましろ》にぞ　富士《ふじ》の高嶺《たかね》に　雪は降《ふ》りける　巻3・三一八　山部赤人《やまべのあかひと》

22　あをによし　奈良の都は　咲く花の　にほふがごとく　今盛りなり　巻3・三二八　小野老《おののおゆ》

23　憶良《おくら》らは　今は罷《まか》らむ　子泣くらむ　それその母も　我《わ》を待つらむぞ　巻3・三三七　山上憶良《やまのうえのおくら》

24　験《しるし》なき　ものを思はずは　一坏《ひとつき》の　濁《にご》れる酒を　飲むべくあるらし　巻3・三三八　大伴旅人《おおとものたびと》

25　君待つと　我《あ》が恋ひ居《を》れば　我《わ》が宿《やど》の　簾《すだれ》動かし　秋の風吹く　巻4・四八八　額田王

風をだに　恋《こ》ふるは羨《とも》し　風をだに　来《こ》むとし待たば　何《なに》か嘆かむ　巻4・四八九　鏡王女《かがみのおおきみ》

26　相思《あひおも》はぬ　人を思ふは　大寺《おほてら》の　餓鬼《がき》の後方《しりへ》に　額《ぬか》つくごとし　巻4・六〇八　笠女郎《かさのいらつめ》

27　夕闇《ゆふやみ》は　道たづたづし　月待ちて　行《い》ませ我《わ》が背子《せこ》　その間《ま》にも見む　巻4・七〇九　大宅女《おおやけめ》

28　銀《しろかね》も　金《くがね》も玉《たま》も　何《なに》せむに　まされる宝　子にしかめやも　巻5・八〇三　山上憶良

29　梅の花　夢《いめ》に語らく　みやびたる　花と我《あ》れ思《も》ふ　酒に浮《う》かべこそ　巻5・八五二　大伴旅人

30　若《わか》の浦《うら》に　潮満《み》ち来《く》れば　潟《かた》をなみ　葦辺《あしへ》をさして　鶴《たづ》鳴き渡る　巻6・九一九　山部赤人

31　み吉野の　象山《きさやま》の際《ま》の　木末《こぬれ》には　ここだも騒《さわ》く　鳥の声かも　巻6・九二四　山部赤人

ぬばたまの　夜《よ》の更《ふ》けゆけば　久木生《ひさぎお》ふる　清き川原《かはら》に　千鳥《ちどり》しば鳴く　巻6・九二五　山部赤人

32 道の辺《へ》の　草深百合《くさふかゆり》の　花笑《はなゑ》みに　笑《ゑ》みしがからに　妻と言ふべしや　巻7・一二五七　作者未詳
33 月草《つきくさ》に　衣《ころも》は摺《す》らむ　朝露《あさつゆ》に　濡《ぬ》れての後《のち》は　うつろひぬとも　巻7・一三五一　作者未詳
34 石走《いはばし》る　垂水《たるみ》の上《うへ》の　さわらびの　萌《も》え出《い》づる春に　なりにけるかも　巻8・一四一八　志貴皇子
35 春の野に　すみれ摘《つ》みにと　来《こ》し我《わ》れぞ　野をなつかしみ　一夜寝《ひとよね》にける　巻8・一四二四　山部赤人
36 かはづ鳴《な》く　神《かむ》なび川《がは》に　影見えて　今か咲くらむ　山吹《やまぶき》の花　巻8・一四三五　厚見王《あつみのおおきみ》
37 昼は咲き　夜《よる》は恋《こ》ひ寝《ぬ》る　合歓木《ねぶ》の花　君のみ見めや　戯奴《わけ》さへに見よ　巻8・一四六一　紀女郎《きのいらつめ》
38 夏の野の　茂《しげ》みに咲ける　姫百合《ひめゆり》の　知らえぬ恋《こひ》は　苦しきものぞ　巻8・一五〇〇　大伴坂上郎女《おおとものさかのうえのいらつめ》
39 夕《ゆふ》されば　小倉《をぐら》の山に　鳴く鹿《しか》は　今夜《こよひ》は鳴かず　寝《い》ねにけらしも　巻8・一五一一　舒明天皇《じょめいてんのう》
40 彦星《ひこほし》し　妻迎《つまむか》へ舟《ぶね》　漕《こ》ぎ出《い》づらし　天《あま》の川原《かはら》に　霧《きり》の立てるは　巻8・一五二七　山上憶良
41 萩の花　尾花葛花《をばなくずはな》　なでしこの花　をみなへし　また藤袴《ふぢばかま》　朝顔の花　巻8・一五三八　山上憶良
42 夕月夜《ゆふづくよ》　心もしのに　白露《しらつゆ》の　置《お》くこの庭《には》に　こほろぎ鳴くも　巻8・一五五二　湯原王《ゆはらのおおきみ》
43 常世辺《とこよへ》に　住むべきものを　剣大刀《つるぎたち》　汝《な》が心から　おそやこの君　巻9・一七四一　高橋虫麻呂《たかはしのむしまろ》
44 埼玉《さきたま》の　小崎《をさき》の沼に　鴨《かも》ぞ翼霧《はねき》る　己《おの》が尾に　降り置ける霜を　掃《はら》ふとにあらし　巻9・一七四四　高橋虫麻呂
45 春されば　まづさきくさの　幸《さき》くあらば　後《のち》にも逢《あ》はむ　な恋《こ》ひそ我妹《わぎも》　巻10・一八九五　柿本人麻呂歌集
46 道の辺《へ》の　いちしの花の　いちしろく　人皆知りぬ　我《あ》が恋妻《こひづま》は　巻11・二四八〇　柿本人麻呂歌集
47 新室《にひむろ》の　壁草刈《かべくさか》りに　いましたまはね　草のごと　寄《よ》り合《あ》ふ娘子《をとめ》は　君がまにまに　巻11・二三五一　柿本人麻呂歌集

48　我《わ》が命《いのち》し　衰《おとろ》へぬれば　白栲《しろたへ》の　袖のなれにし　君をしぞ思ふ　巻12・二九五二　作者未詳

49　磯城島《しきしま》の　大和《やまと》の国は　言霊《ことだま》の　助《たす》くる国ぞ　ま幸《さき》くありこそ　巻13・三二五四　柿本人麻呂歌集

50　筑波嶺《つくはね》に　雪かも降《ふ》らる　いなをかも　愛《かな》しき子《こ》ろが　布乾《にのほ》さるかも　巻14・三三五一　東歌《あずまうた》

51　多摩川《たまがは》に　さらす手作《てづく》り　さらさらに　なにぞこの子《こ》の　ここだ愛《かな》しき　巻14・三三七三　東歌

52　君が行く　海辺《うみへ》の宿《やど》に　霧《きり》立たば　我《あ》が立ち嘆く　息《いき》と知りませ　巻15・三五八〇　作者未詳

53　君が行く　道の長手《ながて》を　繰《く》り畳《たた》ね　焼き滅ぼさむ　天《あめ》の火もがも　巻15・三七二四　狭野弟上娘子《さののおとがみのおとめ》

54　食薦《すごも》敷き　青菜《あをな》煮《に》て来《こ》む　梁《うつはり》に　行縢《むかばき》懸《か》けて　休めこの君　巻16・三八二五　長意吉麻呂《ながのおきまろ》

55　勝間田《かつまた》の　池は我《われ》知る　蓮《はちす》なし　しか言ふ君が　鬚《ひげ》なきごとし　巻16・三八三五　作者未詳

56　織女《たなばた》し　舟乗《ふなの》りすらし　まそ鏡《かがみ》　清き月夜《つくよ》に　雲立ち渡る　巻17・三九〇〇　大伴家持《おおとものやかもち》

57　天皇《すめろき》の　御代《みよ》栄えむと　東《あづま》なる　陸奥山《みちのくやま》に　金《くがね》花咲く　巻18・四〇九七　大伴家持

58　紅《くれなゐ》は　うつろふものぞ　橡《つるはみ》の　なれにし衣《きぬ》に　なほしかめやも　巻18・四一〇九　大伴家持

59　春の苑《その》　紅《くれなゐ》にほふ　桃の花　下照《したで》る道に　出《い》で立つ娘子《をとめ》　巻19・四一三九　大伴家持

60　もののふの　八十娘子《やそをとめ》らが　汲《く》み乱《まが》ふ　寺井《てらゐ》の上《うへ》の　堅香子《かたかご》の花　巻19・四一四三　大伴家持

61　朝床《あさとこ》に　聞けば遥《はる》けし　射水川《いみづかは》　朝漕《こ》ぎしつつ　唱《うた》ふ舟人《ふなびと》　巻19・四一五〇　大伴家持

62　春の野に　霞《かすみ》たなびき　うら悲《がな》し　この夕影《ゆふかげ》に　うぐひす鳴くも　巻19・四二九〇　大伴家持

63　我《わ》がやどの　いささ群竹《むらたけ》　吹く風の　音のかそけき　この夕《ゆふへ》かも　巻19・四二九一　大伴家持

地図1　仙覚万葉の里と散策のみち

地図上の番号は、本書「Ⅱ　小川町・万葉うためぐり」の歌番号の「万葉モニュメント」の場所を示しています。

赤い矢印はモニュメントをめぐるルート例です。

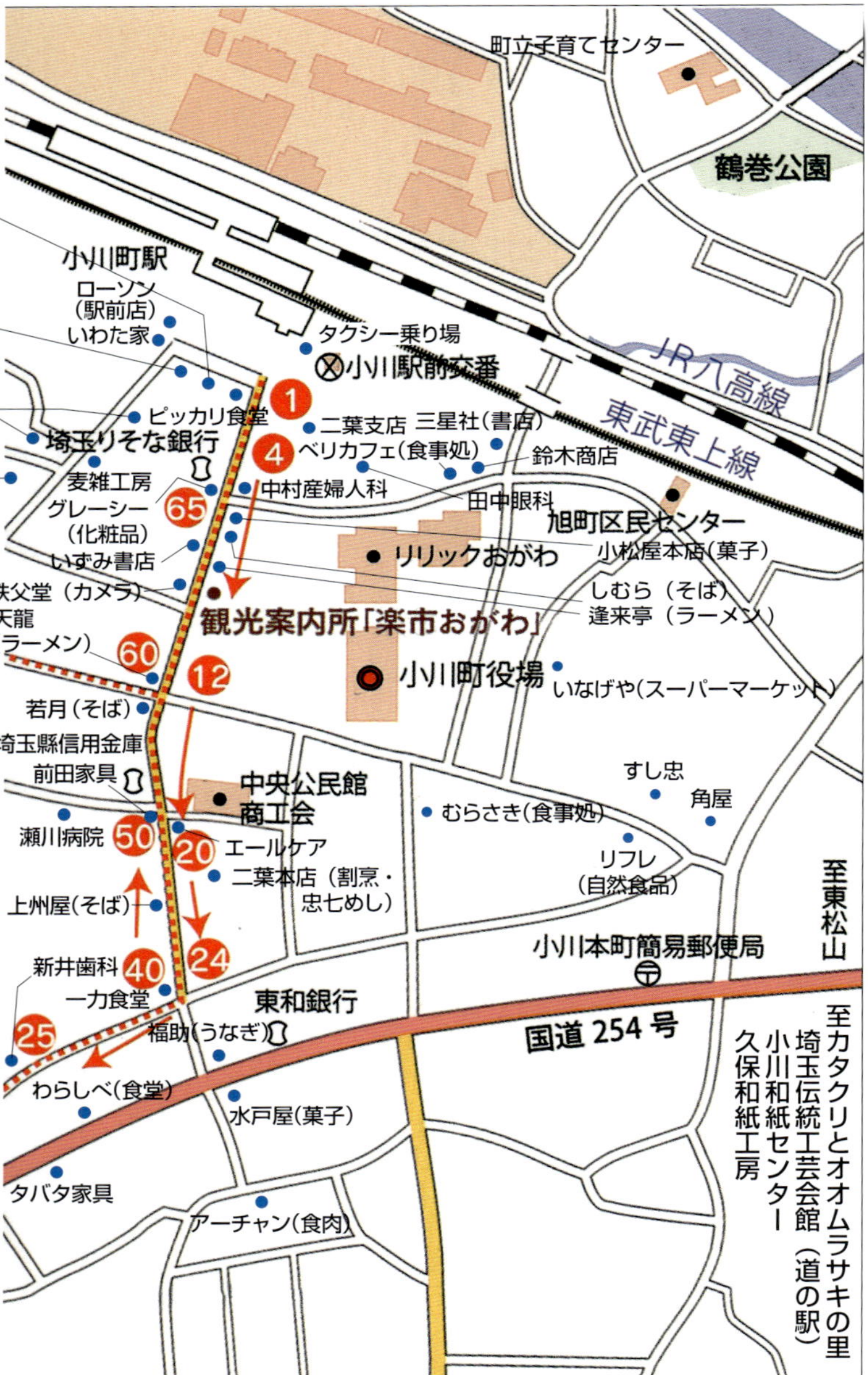

大塚コミュニティー
センター
小川保育園
メリーファーム
（レストラン）
三代目清水屋
ヤオコー
（スーパーマーケット）
254
38
芭蕉の句碑
コスモス
（コーヒー）
マツキヨ（薬）
春日公園
39
門倉商店
（紙・民芸）
村田製菓店
タカイチ（花屋）
おがわ幼稚園
37
地ビール
みやざき病院
クリニック
武蔵野銀行
陣屋沼公園
ローソン
武蔵鶴酒造
36
早川薬局
仙覚律師
顕彰碑
春日会館
35
聖徳太子碑
32
33
清水屋豆腐店
半僧坊と羅漢様
34
中城跡
仙覚律師ゆかりの里
大関町会館
利根田武道館
栃本不動尊
町立図書館
大野屋（菓子）
26
近江屋酒店
31
29
30
28
相生町公会堂
27
晴雲酒造・玉井屋（食事処）
内田医院（内科）
ヨシダリビング
11
至八幡神社
槻川親水公園
栃本堰
槻　川
相生橋

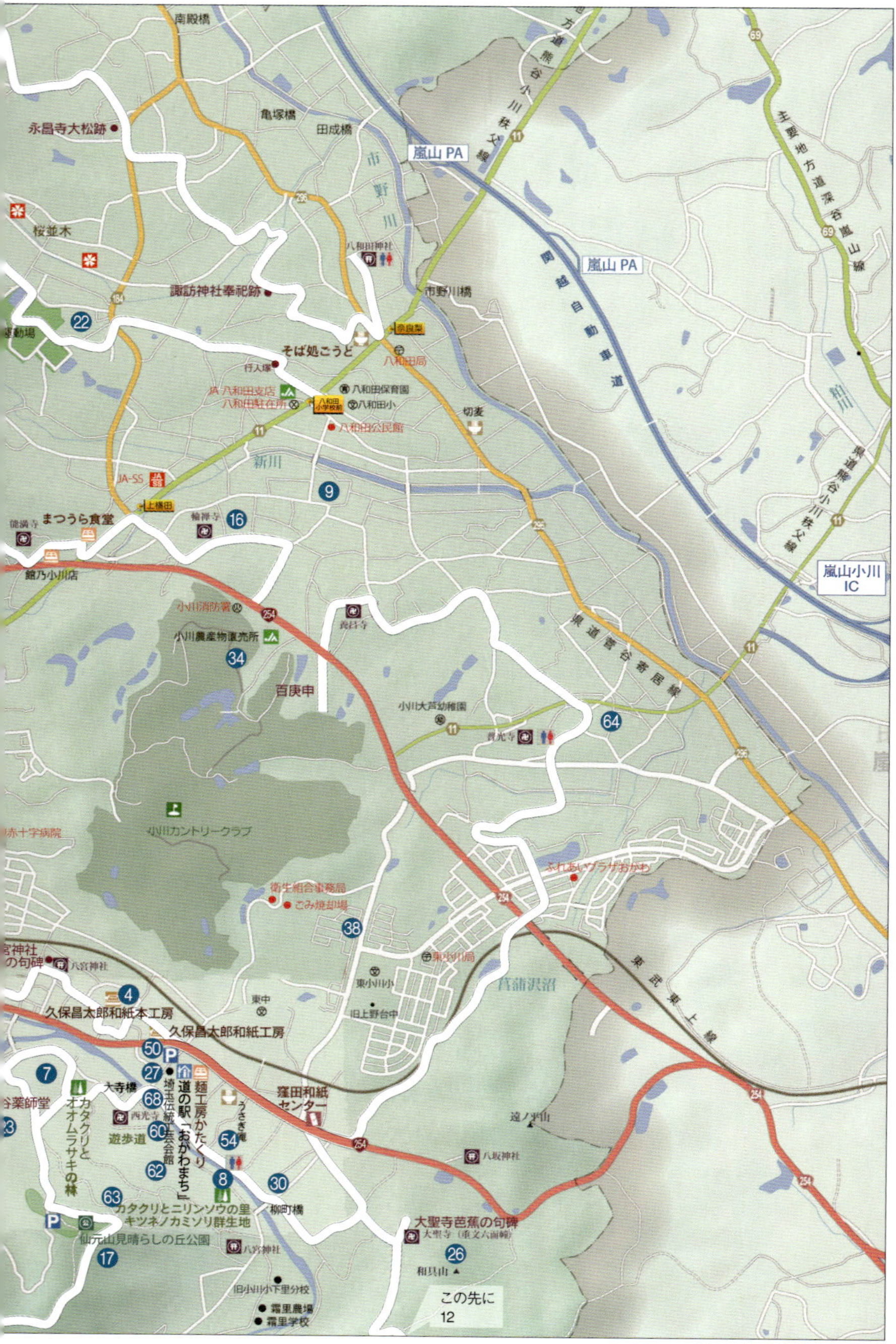
南殿橋
永昌寺大松跡
亀塚橋
田成橋
市野川
嵐山PA
関越自動車道
嵐山PA
熊谷小川秩父線
主要地方道深谷嵐山線
桜並木
諏訪神社奉祀跡
八和田神社
市野川橋
そば処こうど
八和田局
JA八和田支店
八和田駐在所
八和田保育園
八和田小
八和田公民館
切麦
新川
粕川
県道熊谷小川秩父線
JA-SS
上横田
まつうら食堂
輪禅寺
館乃小川店
嵐山小川
IC
小川消防署
小川農産物直売所
百庚申
県道菅谷寄居線
小川大芦幼稚園
普光寺
小川カントリークラブ
赤十字病院
衛生組合事務局
ごみ焼却場
ふれあいプラザおがわ
八宮神社
東小川局
東小川小
旧上野台中
東中
菖蒲沢沼
東武東上線
久保昌太郎和紙本工房
久保昌太郎和紙工房
大寺橋
カタクリとオオムラサキの林
西光寺
遊歩道
道の駅「おがわまち」
埼玉伝統工芸会館
麺工房かたくり
うさぎ庵
細川紙センター
遠ノ平山
八坂神社
カタクリとニリンソウの里
キツネノカミソリ群生地
柳町橋
仙元山見晴らしの丘公園
八宮神社
大聖寺芭蕉の句碑
大聖寺
和見山
旧小川小下里分校
霜里農場
霜里学校
この先に
12

地図2　小川町の情景を訪ねて

地図上の番号は、本書「Ⅱ　小川町・万葉うためぐり」にある歌番号で、そこに掲載している写真の場所を示しています。
1～3, 18, 21, 31, 35, 37, 41～43, 48, 49, 51, 52, 55, 56, 58, 66, 67 を除く。

主要交通機関からのアクセス

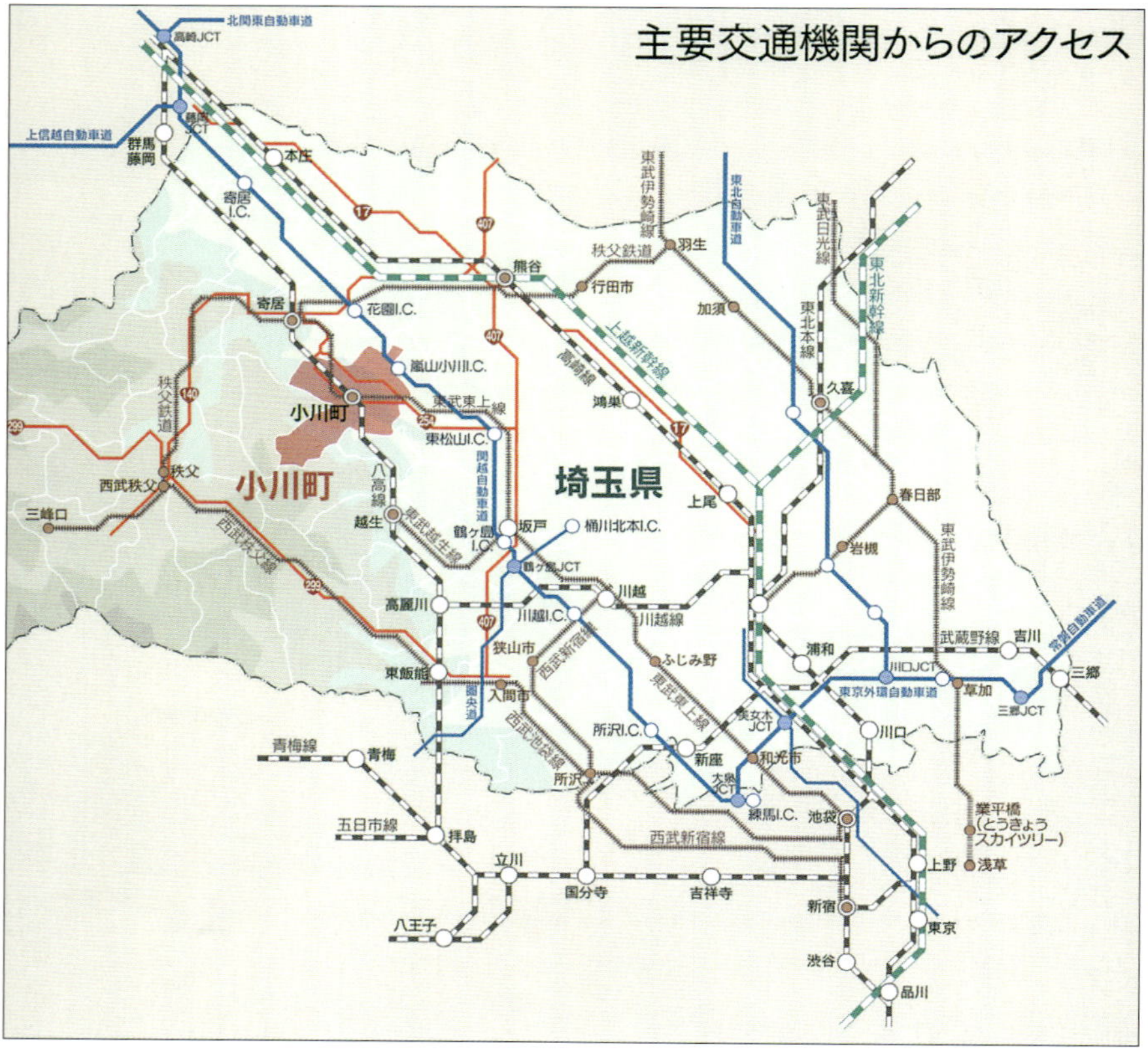

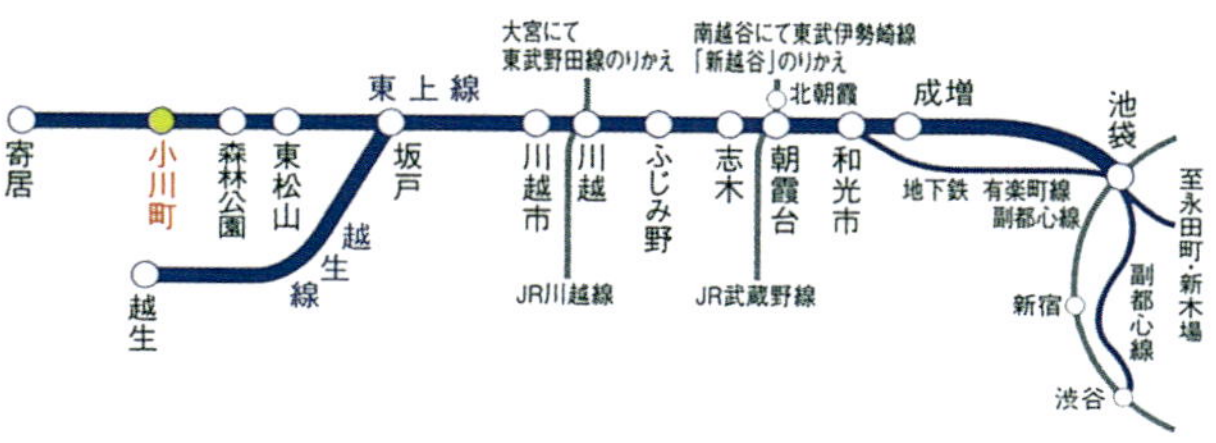

池袋より東武東上線快速にて約 60 分

I

『万葉集』ゆかりの地
小川へようこそ

1　小川町と『万葉集』

武蔵の小京都・小川

小川町は埼玉県のほぼ中央に位置し、関東平野が終わり、秩父の山並みへと続くところにあります。市街地のある小川盆地は外《そと》秩父の山々に抱かれ、その中央を東秩父村に発する槻川《つきがわ》の清流が流れています。ここには古代から日本人が好んできた景観と、歴史が培《つちか》ったなつかしい風景があり、「武蔵の小京都」とも呼ばれています。仙元山《せんげんやま》の麓に群生するカタクリをはじめ、桜・花桃などが町を彩り、国蝶オオムラサキが青紫の羽で美しく舞います。もちろんカタクリは万葉歌人大伴家持《おおとものやかもち》の愛した花です。

小川町には縄文時代の集落、大きな石室を持つ方墳の穴八幡《あなはちまん》古墳、古代東国最大規模の山岳寺院の慈《じ》光平廃寺《こうだいらはいじ》などの古代の遺跡があります。鎌倉時代には、鎌倉から信越地方に通ずる幹線街道「鎌倉街道上道《かみつみち》」が通っていました。後深草院《ごふかくさいん》の第三皇子「梅皇子《うめおうじ》」建立《こんりゅう》の伝承のある大梅寺《たいばいじ》もあります。戦国時代には武士たちが城館を築き、しのぎを削りました。

江戸時代には、小川は幕府の蔵入地《くらいりち》（直轄地）と旗本の知行地となり、山と水の恵みを活かした紙漉き、養蚕と絹織物の生産、酒造り、建具、そうめんの生産が活発に行われました。それらは今日では、「小川和紙」「小川絹」と呼ばれる和紙や裏絹をはじめ、その良質さで広く知られる伝統産業に成長しています（「小川和紙」の中でも、楮《こうぞ》だけで作る「細川紙」の製紙技術は国の重要無形文化財に指定されています）。

万葉学者仙覚ゆかりの地

鎌倉時代の学僧仙覚《せんがく》は、文永《ぶんえい》六年（一二六九）に「武蔵国《むさしのくに》比企《ひき》郡《ぐん》北方《きたかた》麻師宇《ましう》郷《ごう》政所《まんどころ》」で『万葉集註釈』を完成しました。仙覚は画期的な業績によって『万葉集』の研究の基礎を築いた大学者です。仙覚が鎌倉比企谷《ひきがやつ》新釈迦堂《しんしゃかどう》僧坊（今の妙本寺《みょうほんじ》境内）において、多くの写本を比較検討して作り上げた『万葉集』の校訂本によって、私たちは『万葉集』の豊かな世界に触れることができるのです。

仙覚の万葉学を大成する『万葉集註釈』を完成した麻師宇郷は今の小川町にありました。それを知った近代を代表する国文学者・歌人の佐佐木《ささき》信綱《のぶつな》と、小川町の人々は仙覚の業績の顕彰《けんしょう》に力を尽くし、その熱意と努力は、「仙覚律師遺跡」の埼玉県史跡指定と顕彰碑の建立として実を結びました。顕彰碑の建てられた中城《なかじょう》跡は、小川町の歴史と文化を象徴する場所として今日まで大切に守られてきました。

そして、今、小川町では、仙覚とその顕彰に努めた人々の心を受け継いで、小川町駅から顕彰碑までの道筋に、『万葉集』の歌を記した七十本の「万葉モニュメント」を設置し、小川町立図書館に「おがわ仙覚万葉コーナー」を設け、また、毎年の「おがわ仙覚万葉まつり」では、小川和紙で作られた古代衣装を身につけた町民参加の「仙覚万葉ウォーク」や、『万葉集』と仙覚に関する資料を展示する「おがわ仙覚万葉展」を開催し、『万葉集』の普及と仙覚の業績の顕彰に努めています。

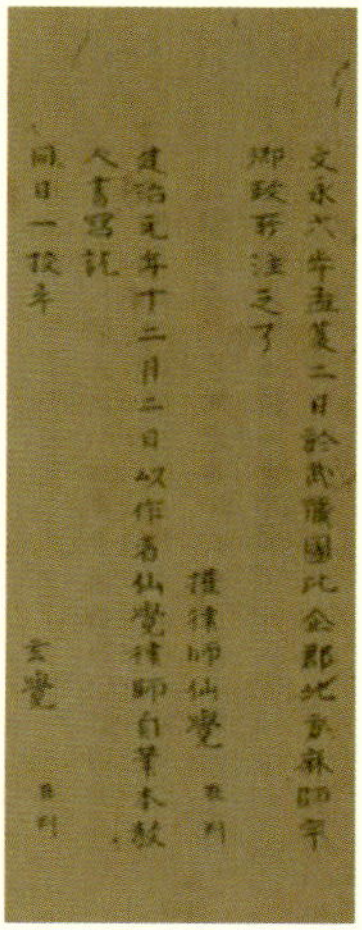

國學院大學図書館蔵『万葉集註釈』巻十奥書

2 『万葉集』の世界

古代人の感性の宝庫

『万葉集』は古代人の感性の宝庫です。『万葉集』の「やまと歌」の魅力は、求婚や遠くにある恋人への思い、旅、季節の宴、愛しい人との死別、孤独など人生のさまざまな体験の中で感じた心を、みずみずしいことばで表現しているところにあります。人と人との強い結びつき、自然への親しさ、目に見えない存在への信頼に裏打ちされたそれらの歌は、私たちの心を癒し、生きる勇気を与えてくれます。

『万葉集』は七世紀後半から八世紀前半に作られた約四五四〇首の「やまと歌」を収め、二十巻からなる現存する日本最古の歌集です。名前のわかる作者約四五〇人の他、作者未詳歌が約二二四〇首に及びます。書名の「万葉」は多くの歌という意味ですが、永遠に伝わる歌集という祝福も込められています。『万葉集』を八世紀末に、最終的に二十巻にまとめたのは大《おお》伴家持《とものやかもち》と考えられます。家持は聖武《しょうむ》天皇の皇統の繁栄の歴史を「やまと歌」によって示し、後世に伝えることを願いました。

画期的書物

『万葉集』の本来の姿は巻子本《かんすぼん》（巻物）です。七、八世紀において、日本生

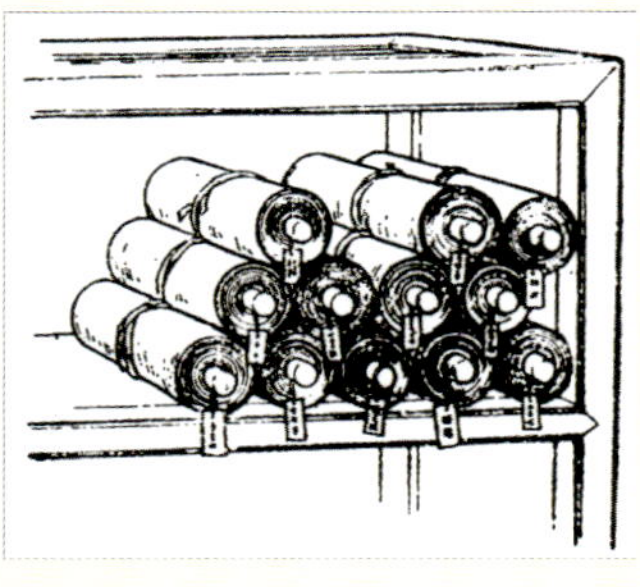

巻子本の姿（李致忠『中国古代書籍史話』（台湾商務印書館、一九九四）より）

まれの「やまと歌」を集め巻子本に仕立てることは当時の常識を超えていました。この時代には経典・法典・歴史書・漢詩文集が正式な書物として巻子本に仕立てられました。これらは漢文で書かれています。しかし、「かな」が生まれる以前に編まれた『万葉集』では、漢字で「やまと歌」を書き記しています。しかし、それは漢文ではありません。漢字で書かれた日本語文になっています。しかも、「やまと歌」の微妙な情感までも、漢字で細やかに表現することに成功しています。『万葉集』は画期的な書物であったのです。

読み継がれる歴史

平安時代前期に「かな」が発明されました。これ以後、多くの人々が漢字で書かれた『万葉集』の「やまと歌」を読み下して、「かな」に置き換える努力を積み重ねてきました。正しい漢文ではなく、漢字を使ってさまざまな書き方がなされている「やまと歌」の解読は容易ではありませんでしたが、多彩で謎めいた書き方は人々の探究心を強くかき立てました。

平安時代には、四千首を超える歌が「かな」に置き換えられました。平安貴族は、漢字で書かれた本文の次に改行して、「かな」で読み下しを書き記しました。美しい料紙に、優れた書き手が漢字と「かな」とが響き合うように揮毫《きごう》した佳麗な写本からは、平安貴族の『万葉集』への憧れが伝わってきます。

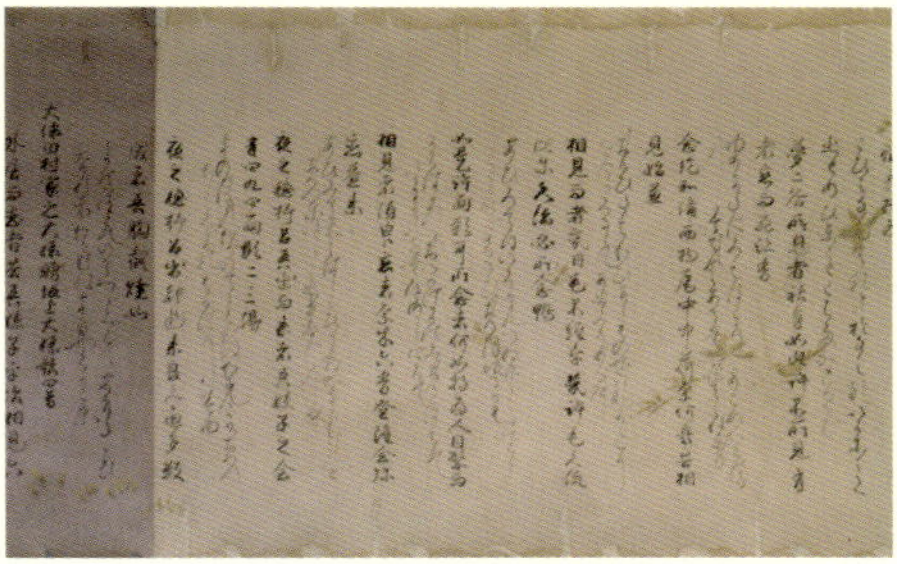

桂本万葉集（宮内庁蔵（御物））平安時代中期・十一世紀半ば、源兼行筆）『万葉集』の現存最古の写本　『桂本万葉集』（二玄社）より

Ⅱ

小川町

万葉うためぐり

「小川町・万葉うためぐり」への招待

学僧仙覚《せんがく》ゆかりの地の小川町の市街地には、七十本の「万葉モニュメント」があります。「万葉モニュメント」には、七十三首の『万葉集』の歌とその大意・解説、そして、その歌にふさわしい小川町の情景、花の写真、名産品などの写真が説明とともに示されています。

仙覚万葉モニュメント・額田王の歌

若の浦に潮満ち来れば潟をなみ
葦辺をさして鶴鳴き渡る
巻六　九一九　山部赤人

仙覚万葉モニュメント・山部赤人の歌

この「万葉モニュメント」は平成十七年（二〇〇五）に、小川町活性化プロジェクトによって設置されました。**地図1**のように、「万葉モニュメント」を小川町駅から順番にたどってゆくと、小川町の商店街を通り、町立図書館近くを経て、仙覚律師顕彰《けんしょう》碑のある、見晴らしのよい中城《なかじょう》跡に出ます。その後は、中城跡からなだらかな坂道を下り、国道を通って、小川町駅に戻ってきます。小川町の市街地を一巡りできる、この約二キロメートルの散歩道を、町では「仙覚万葉の里と散策のみち」と名づけています。

七十三首の歌は、初心者が『万葉集』の世界に入ってゆくための道しるべとなる歌を、小川町活性化プロジェクトの村永清が選んだものです。多くは秀歌として高く評価されている歌ですが、万葉人の暮らしや万葉時代に愛好された花がわかるような歌も選んでいます。

この本の「小川町・万葉うためぐり」では、「万葉モニュメント」の小さなスペースでは書ききれなかった解説を、新しい研究成果も取り入れながら記したものです。この本を読むだけでも、万葉人の心に触れ、小川の自然と歴史を楽しめるようになっています。そして、この本をお読みいただき、「仙覚万葉の里と散策のみち」を訪ねるならば、散策は何倍も楽しいものになるに違いありません。

また、この本では、写真に写っている小川町の情景を実際に見ていただけるように、番号を付けて、そのスポットを**地図2**に示しました。小川町の豊かな自然と歴史の培《つちか》った風景を存分に楽しみながら、万葉時代に思いをはせていただきたいと願っております。

それでは、「小川町・万葉うためぐり」を始めましょう。

〔付記〕

①この本の『万葉集』の歌の本文や大意が、「万葉モニュメント」と少し違っているところがあります。誤植を訂正し、新しい研究成果を取り入れたためです。

②この本では、大意は逐語的な訳とし、枕詞については、そのまま（　　）に入れて記しました。

③『万葉集』の歌にふさわしい小川町の情景、花の写真、名産品などの写真や説明についても、写真を一部変更し、説明の誤植を訂正し、新しい情報を加え、文章を少し改めています。

④『万葉集』の歌の番号は、渡辺文雄・松下大三郎編『国歌大観』（明治三十四年〈一九〇一〉～三十六年刊）に拠っています。

1

熟田津《にきたつ》に　船乗《ふなの》りせむと　月待てば　潮《しほ》もかなひぬ　今は漕《こ》ぎ出《い》でな

巻1・八　額田王《ぬかたのおおきみ》

大意▼この熟田津で、船出をしようと月を待っていると、（月も出て）潮も満ちてきた。さあ、今こそ漕ぎ出そうぞ。

●仙元山と月

小川町から歌を見る！

仙元山《せんげんやま》から静かに登る名月が映し出す山並みと町の美しさは、まるで海で見る月のように心が和みます。

解説▼百済《くだら》の救援のために、斉明《さいめい》女帝は筑《つく》紫《し》（九州）へ向かいます。随行した額田王のこの歌は途中の四国、松山で詠まれました。大船団が息を詰めて出航を待つ緊張に満ちた時間、そして、月も潮も風も整い、まさにその時が訪れた感動を歌っています。額田王は斉明女帝に成り代わって、〝漕ぎ出そうぞ〟と大船団に力強く呼びかけました。

2

あかねさす　紫野《むらさきの》行《ゆ》き　標野《しめの》行《ゆ》き　野守《のもり》は見ずや　君が袖振る

巻1・二〇　額田王

大意▼（あかねさす）紫野をずっと遠くまで行き、標野〈一般の立ち入りを禁じた野〉を行き…、野の番人が見ているではありませんか。あなたが私に袖を振るのを。

●茜とインド茜の根

小川町から歌を見る！

枕詞につかわれている「あかね」は、山や野原に自生し、秋には小さな白い花をつけ、赤い根は古代から染料とされてきました。

解説▼天智《てんじ》天皇即位の年（六六八）の五月五日に催された「薬《くすり》狩《が》り」（鹿を狩り、薬草を摘む）の時の歌です。額田王は大海人皇子《おおあまのみこ》と結婚しましたが、後に天智天皇に側近く仕えました。「行き」を繰り返して、紫野を行き来する宮廷の女性たちの華やかな姿を描きながら、その中の一人として、袖を振って愛情を示す男性をたしなめています。

3

紫草《むらさき》の　にほへる妹《いも》を　憎《にく》くあらば　人妻故《ひとづまゆゑ》に　我恋《あれこ》ひめやも

巻1・二一　大海人皇子《おおあまのみこ》

大意▼紫のように美しく色映えるあなたを、もし憎いと思うならば、人妻であるというのに、あなたをこのように恋い慕うはずがありません。

解説▼

額田王の二〇番歌に応じたこの歌は、紫のように高貴で美しい、と相手の心をくすぐるようにほめ讃《たた》えてから、人妻に恋する危険はわかっていても、あえてそれを冒《おか》すのだと相手に迫ります。この時、二人は四十代。薬狩り後の宴席で「秘められた恋」を見事に演じたこの贈答歌は、やまと歌が繁栄した天智《てんじ》天皇の時代の記念碑です。

●紫草とその根

小川町から歌を見る！

紫草は、古代人が高貴な色とした紫の染料となる希少価値の植物です。現在、絶滅が心配されており、小川町では有志がその栽培の拡大に取り組んでいます。

4

春過ぎて　夏来《きた》るらし　白栲《しろたへ》の　衣《ころも》干《ほ》したり　天《あめ》の香具山《かぐやま》

巻1・二八　持統天皇《じとうてんのう》

大意▼今、春が過ぎて夏が来ているに違いありません。ほら、まっ白な衣を干しましたよ。天の香具山は。

解説▼「栲《たへ》」は楮《こうぞ》類の樹皮の繊維で織った布で、白生地のまま使われ、白いものの代表とされました。『万葉集』では「白妙」とも書き、「妙」は霊妙なもの、見事なことを言います。この歌は天の香具山が「白栲の衣」を干したことに、爽やかな夏の到来を感じた、踊る心を詠んでいます。その「白栲の衣」が実際に何であったかは不明です。

●板に干す和紙の乾燥

小川町から歌を見る！

板に干された和紙が乾燥すると白がきわだって見えます。冬の晴天に干した和紙の、光り輝く様子を、「ピッカリ千両」と呼んでいます。小川町では紙漉きも体験できます。

5

東《ひむがし》の　野にかぎろひの　立つ見えて　かへり見すれば　月かたぶきぬ

巻1・四八　柿本人麻呂《かきのもとのひとまろ》

大意▼東の野に、炎のように輝く暁《あかつき》の光が現れるのが見えて、振り返って見ると西の空には月が傾いていた。

解説▼軽皇子《かるのみこ》（後の文武《もんむ》天皇）がまだ十歳頃、安騎野《あきの》（奈良県宇陀《うだ》市の野）に狩りに訪れた時、お供の人麻呂が詠んだ歌です。安騎野はかつて軽皇子の亡父草《くさ》壁皇子《かべのみこ》が狩りをした地です。今、草壁皇子を想う長い夜が明けようとしています。東の空の曙光《しょこう》が〈生〉を、西の空の月が〈死〉を象徴する荘厳な情景が詠まれています。

●仙覚律師顕彰碑が建つ中城跡（大塚）

小川町から歌を見る！

自然に恵まれた小川町には、古代より人びとの営みがありました。是非小高い丘に点在する旧跡を訪ねて、万葉の歌を味わってください。

6

采女《うねめ》の　袖吹《そでふ》きかへす　明日香風《あすかかぜ》　都を遠み　いたづらに吹く

巻1・五一　志貴皇子《しきのみこ》

大意▼采女の袖をひるがえす明日香の風は、今は都が遠くて空しく吹くばかりだ。

解説▼

采女は地方豪族が天皇に献上した容姿端正な女性で、万葉時代には女官として天皇の食膳に奉仕しました。宮廷の男性たちには手の届かない憧れの存在でした。その美しい采女たちの袖をひるがえすはずの風が、今はただ空しく吹くばかり。都が明日香宮《あすかのみや》から藤原《ふじわらの》宮《みや》に移ったからです。作者は失われたものに繊細な心を寄せる歌人でした。

●雛市で賑わった小川の中心街（昭和 30 年）

小川町から歌を見る！

小川町は江戸時代より和紙や絹織物、穀物などの集散地として「市《いち》」が開かれ栄えました。和紙、裏絹、酒、建具などは現在に引き継がれています。

7

川の上《へ》の　つらつら椿《つばき》　つらつらに　見れども飽《あ》かず　巨勢《こせ》の春野は

巻1・五六　春日老《かすがのおゆ》

大意▼川のほとりに、一面に赤い花が「つらつら」と（連なって）咲く椿――、「つらつら」（つくづく）見ても見飽きない。巨勢の春野は。

解説▼老《おゆ》は持統天皇の行幸《ぎょうこう》にお供してこの歌を詠んだようです。「つらつら椿」は、椿の並木の、つややかな葉の間に、生命力に満ちた赤い花が連なって咲く情景を生き生きと浮かび上がらせることばです。この「つらつら」を〝つくづく〟の意味に変え、いつまでも巨勢の春野を見たいと讃美しました。今も巨勢（奈良県御所《ごせ》市）は椿の名所です。

●屋敷の裏庭に咲く椿

小川町から歌を見る！

小川町には自然と歴史の魅力に直接触れてもらうためのハイキングコースがあります。その一つ、「紙漉きとお寺と工芸会館コース」では椿をはじめ、四季折々の草花が楽しめます。

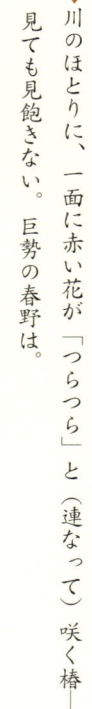

8

葦辺《あしへ》行《ゆ》く　鴨《かも》の羽《は》がひに　霜降《しもふ》りて　寒き夕《ゆふへ》は　大和《やまと》し思《おも》ほゆ

巻1・六四　志貴皇子

大意▼葦のあたりを行く鴨の羽がい〈左右の翼の重なったところ〉に霜が降って寒い夕暮れには、ふるさとの大和がしきりと想われることだ。

●深まりゆく秋の河原（下小川）

小川町から歌を見る！

河原の葦も草原のススキも深まりゆく秋を演出し、小川盆地の寒さを予感させます。

解説▼慶雲《きょううん》三年（七〇六）九月の文武《もんむ》天皇の難波宮《なにわのみや》行幸の時の歌です。葦の茂る、当時の大阪湾の情景に、万葉びとは望郷の思いをかきたてられました。志貴皇子はその葦のあたりを静かに進む鴨の羽に白く降った霜によって、寒さと旅の心細さを象《かたど》りました。晩秋の夕暮れの大阪湾のほとりにひとりたたずむ皇子の姿が浮かんでくるようです。

9

秋の田の　穂の上《へ》に霧《き》らふ　朝霞《あさかすみ》　いつへの方《かた》に　我《あ》が恋《こひ》やまむ

巻2・八八

磐姫皇后《いわのひめのおおきさき》

大意▼秋の田の稲穂の上に立ちこめる朝霞がいつになったら消えるのかわからないように、君を恋い慕う私の思いはいつ止むのだろうか。

解説▼旅に出ている仁徳《にんとく》天皇をお慕いする皇后の歌四首中の一首です。四首一連として、時間の流れに沿って揺れ動く心を詠むという高度な構成法から、皇后の心に成り代わって、後世の奈良時代の人が作ったものと考えられます。明日香の霧は深く、風景を覆い尽くします。一睡もせずに明かした朝の情景が皇后の嘆きの深さを表しています。

●稲穂とコスモス（上横田）

小川町から歌を見る！

市街地の周辺に広がる田園風景には、ゆったりとした時間の流れを感じることができます。

10

我《わ》が里に　大雪《おほゆき》降《ふ》れり　大原《おほはら》の　古《ふ》りにし里に　降《ふ》らまくは後《のち》

巻2・一〇三　天武天皇《てんむてんのう》

大意▼わが里には大雪が降っているぞ。あなたのいる大原の古ぼけた里に降るのは、ずっと後だろうよ。

我《わ》が岡《をか》の　おかみに言ひて　降らしめし　雪のくだけし　そこに散りけむ

巻2・一〇四　藤原夫人《ふじわらのぶにん》

大意▼わが岡の竜神に言いつけて降らせた雪の砕け散ったのが、そちらにも降ったのでしょう。

解説▼

天皇は五十歳ほど、夫人は二十歳ほど。吉兆とされた大雪に、天皇はわざと相手を貶《おとし》めながら参内《さんだい》を促し、夫人は竜神も操る藤原氏の娘として、思い切り背伸びをしてこれに対抗しました。

●相生橋から見た雪の栃本堰

小川町から歌を見る！

笠山《かさやま》の雪化粧も素敵ですし、雪の日に小川町を包むりんとした空気と静けさも味わい深いものです。

11

我《わ》が背子《せこ》を　大和《やまと》へ遣《や》ると　さ夜更《よふ》けて　暁露《あかときつゆ》に　我《わ》が立ち濡《ぬ》れし

巻2・一〇五　大伯皇女《おおくのひめみこ》

大意▼わが弟を大和へ帰し遣ろうとして、夜が更けて、明け方になるまで立ち尽くして、露に濡れてしまいました。

百伝《ももづた》ふ　磐余《いはれ》の池に　鳴く鴨《かも》を　今日《けふ》のみ見てや　雲隠《くもがく》りなむ

巻3・四一六　大津皇子《おおつのみこ》

大意▼（百伝ふ）磐余の池に鳴く鴨を今日だけ見て、私は遠く雲に隠れてしまうのだろうか（死なねばならないのだろうか）。

解説▼大津皇子は、古代には天皇にしか参拝の許されない伊勢神宮に密《ひそ》かに詣で皇位継承を祈願しました。弟の行く末を案じた、神宮に仕える姉の不安は的中し、帰京後、謀反の企てが発覚し皇子は処刑されました。

●秋の館川ダム（腰越）

小川町から歌を見る！

小川にも古くから多くの溜池があります。館川ダムは散策に適した静かなたたずまいを見せています。

12

人言《ひとごと》を　繁《しげ》み言痛《こちた》み　己《おの》が世に　いまだ渡らぬ　朝川渡《あさかはわた》る

巻2・一一六　但馬皇女《たじまのひめみこ》

大意▼人の噂がうるさくてわずらわしいので生まれてから今まで渡ることのなかった朝の川を、今私は渡ります。

●早朝の槻川（下里坂田橋）

小川町から歌を見る！

朝方の静かな槻川《つきかわ》の流れは、古代人の恋に思いをはせたくなるような情景です。

解説▼

但馬皇女は異母兄高市皇子《たけちのみこ》の宮殿に住んでいましたが、若い異母兄穂積皇子《ほづみのみこ》と恋仲になります。この歌は二人の仲が露見した後の歌です。もう人目も気にかけず、朝の光の中、川を渡って穂積皇子に逢いにゆくのだという強い決意を歌っています。人生を賭けるような大胆な歌い方は、相手の心を強く惹きつけるための技法でもあります。

13

笹《ささ》の葉は　み山もさやに　さやげども　我《われ》は妹《いも》思ふ　別れ来《き》ぬれば

巻2・一三三　柿本人麻呂

大意▼笹の葉は山全体に響き渡るように、不気味にざわめくけれども、私はあなたのことを想う。遠く別れて来してしまったから。

解説▼地方官としての任が果て、現地で娶った妻と別れる時の歌です。万葉時代には現地の妻を都には連れて帰れませんでした。万葉人にとって境界であった山を越えた今、妻との繋がりは絶たれ、自分の周囲を見知らぬ自然のざわめきが取り巻いています。その寂しさに耐えるものは、まっすぐに相手を想う心であると、この歌は言っています。

● 笹とヤマボウシ（大塚）

小川町から歌を見る！

仙覚律師顕彰碑を訪ねる道すがらの笹のざわめきが、人麻呂の心を感じさせます。小川町のいたるところに、笹は自生しています。

14

岩代《いはしろ》の　浜松が枝《え》を　引き結び　ま幸《さき》くあらば　また帰《かへ》り見む

巻2・一四一　有間皇子《ありまのみこ》

大意▼岩代の浜松の枝を引き結び、幸い無事であったならば、また立ち帰ってこれを見ることだろう。

家《いへ》にあれば　笥《け》に盛《も》る飯《いひ》を　草枕《くさまくら》　旅にしあれば　椎《しひ》の葉に盛る

巻2・一四二　有間皇子

大意▼家にいる時は食器に盛る飯も、（草枕）旅にあるので椎の葉に盛ることよ。

解説▼作者は孝徳《こうとく》天皇の皇子。蘇我赤兄《そがのあかえ》に謀《はか》られ、謀反の罪で刑死しました。時に十九歳。この二首は尋問を受けるため護送される途中、交通の要衝、岩代（和歌山県みなべ町）で詠まれました。

●赤芝沼の赤松林（角山）

小川町から歌を見る！

小川町には赤松の林があります。万葉時代、松の枝を結ぶことは、松の永遠性にあやかり、その土地の神の加護を得ることであったといわれています。有間皇子は命の無事を祈ったのです。

15

山吹《やまぶき》の　立ちよそひたる　山清水《やましみづ》　汲《く》みに行《ゆ》かめど　道の知らなく

巻2・一五八　高市皇子《たけちのみこ》

大意▼山吹の花が美しく周囲を飾って咲く山の清水を汲みに行きたいが、道がわからなくて…。

解説▼十市皇女《とおちのひめみこ》を悼んだ歌です。皇女は天武《てんむ》天皇と額田王の娘で、大友皇子《おおとものみこ》の妃でした。父が夫に勝利した壬申《じんしん》の乱の後、急逝しました。山吹が取り囲む清水のイメージは、死後の世界を表す漢語「黄泉」を翻訳したものとも、生命復活の泉の伝説を踏まえたものとも考えられています。作者は十市皇女の異母兄で、父の軍を指揮しました。

●延命水（栗山）

小川町から歌を見る！

笠山《かさやま》の中腹、栗山には「延命水」と呼ばれるおいしい水が湧き出ています。深い山に守られた豊富な湧き水は冷たく、埼玉県外からも汲みに来る人が絶えません。

16

高円《たかまと》の　野辺《のへ》の秋萩《あきはぎ》　いたづらに　咲きか散るらむ　見る人なしに

巻2・二三一　笠金村《かさのかなむら》

大意▼ 高円山の麓の野辺の秋萩は、今もむなしく咲いては散っているのだろうか。見てくれる人もないままに。

●輪禅寺（上横田）

小川町から歌を見る！

町の文化財となっている武田氏の一族（信玄の弟の一族）の墓域のある輪禅寺《りんぜんじ》では、萩の花と千体のかわいいお地蔵様が迎えてくれます。是非訪ねてみてください。

解説▼ 霊亀《れいき》元年（七一五）に亡くなった志貴皇子を悼んだ歌です（『続日本紀《しょくにほんぎ》』では霊亀二年没）。皇子は生前に高円野（奈良市東南）に遊ぶことが多かったようです。奈良時代に平城京近郊の高円野は人の手で管理維持され、萩が大きな群落を作っていました。萩は万葉人に最も好まれた花です。皇子もこの紫の小さな花を愛していたのでしょう。

17

隼人《はやひと》の　薩摩《さつま》の瀬戸《せと》を　雲居《くもゐ》なす　遠くもわれは　今日《けふ》見つるかも

巻3・二四八　長田王《ながたのおおきみ》

大意▼隼人の住む薩摩の海峡を、空のかなたの雲のようにはるかに、私は今日見たことだ。

●仙元山見晴らしの丘公園からの眺望

小川町から歌を見る！

周囲の山並みにかかる雲も変化に富んでいます。一息ついて、空を見上げてみましょう。素敵な雲に出会えるかも知れません。

解説▼薩摩の瀬戸は、鹿児島県阿久根《あくね》市と天《あま》草《くさ》諸島の長島の間の狭い海峡で、『万葉集』に詠まれた最も南の地名です。「隼人」は九州南部の勇猛な部族で、朝廷に対してしばしば反乱を起こしました。〝今日見た〟ということばには、遠くに来た感慨だけでなく、この地が朝廷の支配下にあることを確認する、官僚としての気持ちも込められています。

18

天離《あまざか》る　鄙《ひな》の長道《ながち》ゆ　恋《こ》ひ来《く》れば　明石《あかし》の門《と》より　大和島《やまとしま》見ゆ

巻3・二五五　柿本人麻呂

大意▼

（天離る）遠い地方からの長い道を、恋しく思いながらやってくると、明石海峡からふるさとの大和の山々が見える。

●丘陵の道

小川町から歌を見る！

小川町の丘陵地帯に伸びた長い道の先に望む山並みは、大和の山々をほうふつとさせます。

解説▼

古代の旅は危険にさらされることが多く、死も覚悟するものでした。明石海峡は畿内《きない》（都の地域）の西の果て。官命を果たし瀬戸内海を一路東へと向かう人麻呂は、明石海峡にたどりつき安堵したのです。海峡の向こうには、なつかしい大和の山々が見えました。水に囲まれた陸地のように見えるその山々を讃《たた》えて「大和島」と言いました。

19

近江《あふみ》の海《うみ》　夕波千鳥《ゆふなみちどり》　汝《な》が鳴けば　心もしのに　いにしへ思《おも》ほゆ

巻3・二六六　柿本人麻呂

大意▼近江の海の夕暮れの波が打ち寄せるところにいる千鳥たちよ。おまえがいにしえを恋しがって鳴くと、私の心も強く引き寄せられて、いにしえを思わずいられない。

●穴八幡古墳（増尾）

小川町から歌を見る！

小川町増尾《ましお》にある「穴八幡古墳《あなはちまん》」は七世紀後半の、二重周溝を持つ方墳です。この古墳には町内の下里から産出する大型緑泥石片岩が使われています。「古」が身近に感じられます。

解説▼人麻呂が官命で近江に旅した時の歌です。「近江の海夕波千鳥」と名詞だけを並べた思い切った歌い方は、広がりのある情景を読む者に想像させます。そのリズムは夕方の打ち寄せる波のようです。そして、作者の心は、天智《てんじ》天皇の時代を恋い慕う千鳥と一体になります。『万葉集』では「いにしへ」は「昔」と違い、今と連続する過去を言います。

20

桜田《さくらだ》へ　鶴《たづ》鳴き渡る　年魚市潟《あゆちがた》　潮干《しほひ》にけらし　鶴鳴き渡る

巻3・二七一　高市黒人《たけちのくろひと》

大意▼桜田の方へ鶴が鳴いて飛んで行く。年魚市潟では潮が引いたにちがいない。鶴が鳴いて飛んで行く。

●東昌寺のしだれ桜（角山）

小川町から歌を見る！

小川町には河川の桜堤、東昌寺《とうしようじ》のしだれ桜、大塚の桜のトンネルなど桜の名所がたくさんあります。淡い新緑の中に咲く山桜も必見です。

解説▼桜田は今の名古屋市南区元桜田町あたり。その西北の先に年魚市潟がありました。そこは入海でしたが、潮が引くと干潟ができます。都への帰り道、桜田の方へと向かう黒人の頭上を鶴が同じ方向に飛んで行きます。干潟ができているのです。確実に都に一歩近づく喜びが、華やかな地名・桜田と「鶴鳴き渡る」の繰り返しに表れています。

21

田子《たご》の浦ゆ　うち出《い》でて見れば　真白《ましろ》にぞ　富士《ふじ》の高嶺《たかね》に　雪は降《ふ》りける

巻3・三一八　山部赤人《やまべのあかひと》

大意▼田児の浦を通って広々としたところに出て仰ぎ見ると、なんと真っ白に、高く聳《そび》える富士山に、あの消えることがないという雪が降り積もっているよ。

解説▼視界が開けた場所に出た瞬間、目に飛び込んできた富士山に降り積もった雪の白さへの感動を、真っ直ぐに歌い上げています。「雪は」は、「雪が」と異なり、〝話に聞いていたあの雪は〟の意味です。赤人は、〈…見れば～が見える〉という国土讃美の歌の形式を利用して、日本国を鎮護する神と考えられていた富士山を讃《たた》えています。

●小川上空からの富士山

小川町から歌を見る！

東武東上線に乗ると、小川町から池袋に向かう窓外に富士山が美しい姿を見せます。

22

あをによし　奈良の都は　咲く花の　にほふがごとく　今盛りなり

大意▼

（あをによし）奈良の都は、花が咲き誇り匂い立つように、繁栄の真っ盛りです。

巻3・三二八

小野老《おののおゆ》

●梅の咲く丘陵（八和田）

小川町から歌を見る！

梅の花は「高見城址と旧鎌倉街道を訪ねるハイキングコース」がおすすめです。仙覚律師も梅の花咲く鎌倉街道を通って小川の里に入り、『万葉集註釈』を完成させたのでしょう。

解説▼

作者は大宰府の次官で、長官の大伴旅人の下僚でした。この歌は一時上京した作者が宴席で旅人に都の様子を報告したものです。「にほふ」は、『万葉集』では色が美しく映えることを言いますが、この歌では原文に「薫」とあり、花の芳《かんば》しく香る意味も込めています。都を花にたとえたことは、漢語「華都」を踏まえたものとされています。

23

憶良《おくら》らは　今は罷《まか》らむ　子泣くらむ　それその母も　我《わ》を待つらむぞ

巻3・三三七　山上憶良《やまのうえのおくら》

大意▼憶良めは今はおいとましましょう。今頃家では子どもが泣いていましょう。その母も私を待っていることでしょう。

解説▼憶良はこの時、七十歳前後で筑前《ちくぜん》（福岡県北西部）の国守。大宰府の長官大伴旅人の宴で、〝幼子もその母も自分の帰りを待ち焦がれているから、お開きにしましょう〟と、ユーモアを交え、幼子を持つ若い官僚たちの心も汲み取りながら、終宴を促した歌です。憶良は「家」を、苦に満ちたこの世を生きるための拠《よ》り所とも考えていました。

●龍谷薬師如来像（下小川）

小川町から歌を見る！

いつの世も病は人々を悩まします。薬師如来は病を癒す仏です。龍谷《たてや》の薬師は、眼病にご利益があるといわれ信仰を集めています。十月がご開帳です。

24

験《しるし》なき　ものを思はずは　一坏《ひとつき》の　濁《にご》れる酒を　飲むべくあるらし

巻3・三三八

大伴旅人《おおとものたびと》

大意▼何のかいもないもの思いをするくらいなら、一杯の濁り酒を飲むべきだろう。

●小川の銘酒

小川町から歌を見る！

良質の水と盆地特有の気候が銘酒を生む小川には、「関東灘」の異名があります。伝統と格式のある酒造工場が銘酒「武蔵鶴《むさしつる》」「帝松《みかどまつ》」「晴雲《せいうん》」などを醸造しています。

解説▼

十三首の短歌からなる「酒を讃《ほ》むる歌」というユニークな作品の一首。「酒を讃むる歌」は、酒に酔ったことばの形を借りて、人格者ぶった人間の偽りや打算的な生き方への憤りと嘆きを吐露しています。濁り酒は、精神の自由を求めた中国の文人が好んだものです。この作品の底には妻を失った悲しみや大伴氏の衰勢への嘆きがあります。

25

君待つと　我《あ》が恋ひ居《を》れば　我《わ》が宿《やど》の　簾《すだれ》動かし　秋の風吹く

巻4・四八八　額田王

大意▼君をお待ちして、私が恋い慕っていると、私の家の戸口の簾を動かして秋の風が吹く。

風をだに　恋《こ》ふるは羨《とも》し　風をだに　来《こ》むとし待たば　何《なに》か嘆かむ

巻4・四八九　鏡王女《かがみのおおきみ》

大意▼風だけでも恋い慕うとはうらやましいことです。風だけでも、来るのではないかと待つことができるならば、何を嘆くことがありましょうか。

●ススキと
セイタカアワダチソウ（下古寺）

小川町から歌を見る！

小川盆地の暑い夏もススキに穂が立つ頃には、風が秋を運んできてくれます。

解説▼

額田王の歌は、かすかな風に反応する敏感で繊細な恋の心を詠んでいます。奈良時代に入ると、額田王と鏡王女は天智天皇の妃で、「待つ恋」を優美に詠み交わした女性たちと考えられるようになりました。

26

相思《あひおも》はぬ　人を思ふは　大寺《おほてら》の　餓鬼《がき》の後方《しりへ》に　額《ぬか》つくごとし

巻4・六〇八　笠女郎《かさのいらつめ》

大意▼相思相愛でない人を思うことは、大寺の餓鬼を仏と思って、それも後ろからひれ伏して拝むようなものです。

解説▼笠女郎は笠氏出身の女性で、際立って個性的な恋歌を詠みました。この歌は大伴家持に送った歌です。餓鬼とは、生前に貪欲《どんよく》で嫉妬深かったため、餓鬼道に落ちて飢えと渇きに苦しむ死者のことです。その餓鬼の像を後ろから拝む、というのは、思いが通じないことへの強烈な自虐的表現であるとともに、家持に対する痛烈な皮肉です。

●大聖寺の縁日（下里）

小川町から歌を見る！

小川町には寺院や祠《ほこら》がたくさんあります。安産、子育ての観音様として広く信仰を集めている下里の大聖寺《だいしょうじ》もその一つです。

27

夕闇《ゆふやみ》は　道たづたづし　月待ちて　行《い》ませ我《わ》が背子《せこ》　その間《ま》にも見む

巻4・七〇九　大宅女《おおやけめ》

大意▼宵闇は暗くて道が危うございます。月の出を待ってお帰りください。あなたさま。その間にもこうしてお顔を見ていましょう。

解説▼作者は豊前国《ぶぜんのくに》（大分県北部）出身の女性です。古代では、男性は夕闇に紛れて女性を訪ね、夜明け前には帰宅しましたが、この歌では男性は昼間も女性のもとで過ごしたようです。〝月の出を待ってお帰りください〟ということばには優しい心遣いと甘えが込められています。宴席で早く帰ろうする客を引き止める歌とする解釈もあります。

●やわらかな和紙の灯

小川町から歌を見る！

和紙の灯りのように小川町の女性は人情が豊かで心が温かいといいます。この歌を作った万葉人と比べて、どうでしょうか。

28

銀《しろかね》も　金《くがね》も玉《たま》も　何《なに》せむに　まされる宝　子にしかめやも

巻5・八〇三　山上憶良

大意▼銀も金も宝玉も、どうして無上の宝である子どもにまさろうか、まさるはずがない。

解説▼「子等《こら》を思ふ歌」という作品の反歌《はんか》（長歌に添える短歌）です。仏教では子への愛着を煩悩と見ます。これに対して、「子等を思ふ歌」は、子どもをかわいく思う気持ちを、この世を生きる人間の自然な心であると肯定しました。金銀・宝玉は極楽浄土を飾る宝ですが、それにもまさる人間の本当の宝は身近にあると憶良は言っています。

●川の遊び（下小川）

小川町から歌を見る！

水辺で子どもたちが遊べるような自然と、そして、人間を大切にする心をこの小川町から発信していきたいと願っています。

29

梅の花　夢《いめ》に語らく　みやびたる　花と我《あ》れ思《も》ふ　酒に浮《う》かべこそ

巻5・八五二　大伴旅人

大意▼梅の花が夢に出てきて語るには、「みやびな花だと私は自分のことを思っています。お酒に浮かべてくださいな」と。

●お花見（大塚）

小川町から歌を見る！

梅や桜の花を愛《め》でるのにお酒は昔からつきものです。地酒を味わってもらうために、「梅香岡と地酒巡りのハイキングコース」をおすすめします。

解説▼

天平二年（七三〇）正月、大宰府管内の三十二人が集う盛大な「梅花の宴」が大伴旅人邸で催されました。この歌は、宴に参加できなかった人が後で作ったという形をとっていますが、実際にはその歌風などから旅人が作者と考えられます。夢に梅の花が現れる、という中国の神仙小説的趣向によって、夢幻の世界に遊ぶ旅人がここにいます。

30

若《わか》の浦《うら》に　潮満《み》ち来《く》れば　潟《かた》をなみ　葦辺《あしへ》をさして　鶴《たづ》鳴き渡る

巻6・九一九　山部赤人

大意▼若の浦に潮が満ちてくると干潟がなくなるので、岸の葦の生えているあたりをさして、鶴が鳴きながら飛んで行く。

●白鷺が舞う槻川（下里）

小川町から歌を見る！

小川町を流れる槻川《つきがわ》と兜川《かぶとがわ》のほとりでは、鶴ならぬ白鷺をたくさん見ることができます。白鷺は青空によく映えます。

解説▼神亀《じんき》元年（七二四）、聖武天皇の紀伊《きの》国《くに》（和歌山県）行幸にお供した時の歌です。紀伊国は持統天皇以来、政治の節目に行幸が行われた聖地です。潮が満ちてくると白い鶴の群れが、青く葦の茂る岸辺に鳴きながら飛んで行くという情景は鮮やかです。満潮のたびに繰り返されるこの情景に、赤人はこの地の永遠の繁栄を感じたのでしょう。

31

み吉野の　象山《きさやま》の際《ま》の　木末《こぬれ》には　ここだも騒《さわ》く　鳥の声かも

巻6・九二四　山部赤人

大意▼み吉野の象山の山あいの梢には、こんなにもたくさん鳴き騒いでいる鳥の声よ。

ぬばたまの　夜《よ》の更《ふ》けゆけば　久木《ひさぎ》生《お》ふる　清き川原《かはら》に　千鳥《ちどり》しば鳴く

巻6・九二五　山部赤人

大意▼（ぬばたまの）夜が更けてゆくと、久木の生い茂る清らかな川原で、千鳥がしきりと鳴く。

解説▼神亀二年（七二五）、聖武天皇の吉野離宮行幸にお供した時の長歌の反歌です。壬申の乱で天武天皇が挙兵した吉野は、皇室第一の聖地でした。響き渡る鳥の声は自然の生命力を表します。朝と夜を鮮やかに対照させて吉野の地を讃美しました。

●ヒオウギ

小川町から歌を見る！

「ぬばたま」は今日のヒオウギ（アヤメ科の多年草）といわれ、夏にオレンジ色の花をつけます。「久木」は今日のアカメガシワとされます。

32

道の辺《へ》の　草深百合《くさふかゆり》の　花笑《はなゑ》みに　笑《ゑ》みしがからに　妻と言ふべしや

巻7・一二五七　作者未詳

大意▼道端の草むらの百合の花が咲いたように、私がにっこり微笑《ほほえ》んだだけで、あなたは私を自分の妻などと言ってはなりません。

解説▼『万葉集』の歌の約半数は作者未詳歌で、その作者の多くは平城京に暮らす中・下級官人とその家族です。作者未詳歌には暮らしに根ざした新鮮な発想の歌があります。「草深百合の花笑み」からは、目立たぬようににっこりと微笑む女性の顔が浮かびます。〝独りよがりでいい気なものね〟という手厳しい拒否は親しさゆえのものです。

●里山に咲く山百合と桔梗

小川町から歌を見る！

小川町では少し足を延ばして里山に分け入ると、山百合《やまゆり》や桔梗《ききょう》が出迎えてくれます。

33

月草《つきくさ》に　衣《ころも》は摺《す》らむ　朝露《あさつゆ》に　濡《ぬ》れての後《のち》は　うつろひぬとも

巻7・一三五一　作者未詳

大意▼露草で衣は摺り染めにしよう。朝露に濡れて、色が褪《あ》せてしまうにしても。

解説▼露草の美しい青色が、水に遭うとおちやすいことを相手の男性の心にたとえて、将来の不安はあるけれども、今は求婚に応じようと、自分自身を励ます女性の歌。この歌を贈られた男性は、決して心変わりなどすることはないという歌を返したことでしょう。この歌は、『古今和歌集』にも採られています。

●露草（高谷）

小川町から歌を見る！

町のどこにでも見られる露草。古代人は青を祈りの色として尊重しました。露草の青は色落ちしやすく染料となりませんでしたが、藍で染めた青を「露草の色」と呼びました。

34

石走る《いはばし》　垂水《たるみ》の上《うへ》の　さわらびの　萌《も》え出《い》づる春に　なりにけるかも

巻8・一四一八　志貴皇子

大意▼岩の上をほとばしり流れ落ちる滝のほとりの蕨《わらび》が萌え出る春になったことだ。

解説▼『万葉集』二十巻の中でも、歌を四季に分類する新しい編集方法を採った巻八の冒頭の歌。春の到来を蕨（この歌ではゼンマイか）の若芽に感じたのは、志貴皇子独自の感性。その喜びを「の」を重ねて、滞るところのない清冽《せいれつ》な調べで歌い上げました。奈良時代末期に皇子の孫の光仁《こうにん》天皇が即位してから後、皇子の血筋が天皇家となります。

●季節の野菜が並ぶ農産物直売所（下横田）

小川町から歌を見る！

春の到来を告げる蕨は、古くから食用とされてきました。小川町でも丘陵や広葉樹の林に自生し、春になると町内の農産物直売所やスーパーに並びます。

35

春の野に　すみれ摘《つ》みにと　来《こ》し我《わ》れぞ　野をなつかしみ　一夜《ひとよ》寝《ね》にける

大意▼春の野にすみれを摘もうとやってきた私は、野が離れ難く、思いがけずここで一晩寝てしまった。

巻8・一四二四　山部赤人

●すみれ（高谷）

小川町から歌を見る！

スミレが可憐な紫の花をつける頃、春の暖かさが実感されます。日当たりのよい川辺や草原、そして家の周りでも見られます。『万葉集』ではスミレとツボスミレが詠まれています。

解説▼

山部氏はもともと山林を管理する氏族でした。赤人は聖武天皇の宮廷歌人として活躍する一方で、野や庭園などの身近な自然の美への愛着を歌いました。この歌では、あたかも人間に対するかのようななつかしさを、野に感じています。〝最初の意図と違って、思いがけず寝てしまった〟という一首は、小さなドラマのようです。

36

かはづ鳴《な》く　神《かむ》なび川《がは》に　影見えて　今か咲くらむ　山吹《やまぶき》の花

巻8・一四三五　厚見王《あつみのおおきみ》

大意▼かじかの鳴く神なび川の清流に、影を映して今頃は咲いていることだろう。岸の山吹の花は。

●秋の金嶽川（下古寺）

小川町から歌を見る！

槻川《つきがわ》の上流や、支流の金嶽川《かなたけがわ》では今では珍しいカジカガエルの鳴声が響きます。ハコネサンショウウオなどの渓流動物も生息しています。

解説▼

「神なび」は神の宿る場所を意味し、明日香や竜田をさします。作者は平城京にあって、神なび川の清らかな情景を思い浮かべています。水に映る花の美しさを詠むことは、中国文学に学んだものですが、水辺の山吹の花の黄色と、水面に映る花の黄色が織り成す美しさは、想像の中で浄化され、現実以上のものとなっています。

37 昼は咲き　夜《よる》は恋《こ》ひ寝《ぬ》る　合歓木《ねぶ》の花　君のみ見めや　戯奴《わけ》さへに見よ

巻8・一四六一　紀女郎《きのいらつめ》

大意▼昼間は咲き、夜は恋い慕いながら葉を閉じて眠る合歓《ねむ》の花を、主君の私だけが見てよいものだろうか。そんなことはない。おまえも見なさい。

解説▼

紀女郎は古代の有力氏族の紀氏の出身。年上の紀女郎は若い大伴家持をリードしながら、遊び心に富む恋歌を詠みました。この歌でも、自分自身を「君」と主君になぞらえ、家持を「戯奴（若い者）」とわざと貶《おとし》め、合歓の木のような自分の片思いを知りなさいと命じています。同時に「合歓」という文字に託して、家持を共寝に誘っています。

●合歓の木

小川町から歌を見る！

兜川《かぶとがわ》に沿ってよく合歓《ねむ》の木を見かけます。薄紅色の花は暗くなると葉に包まれるように閉じます。その姿に万葉人は恋人への思いを重ねたのです。

38

夏の野の　茂《しげ》みに咲ける　姫百合《ひめゆり》の　知らえぬ恋《こひ》は　苦しきものぞ

巻8・一五〇〇　大伴坂上郎女《おおとものさかのうえのいらつめ》

大意▼夏の野の茂みに咲いている姫百合のように、人に知られない恋は、耐えがたいものです。

解説▼作者は大伴旅人の異母妹。旅人没後に多くの歌を作り、家持が成人するまで旅人の一統を支えました。機知を働かせてしたたかに相手に応じる恋歌を得意とし、その鋭いことばは時として自分のどうにもならぬ心を表すものとなっています。この歌では、草いきれのする夏野に人知れず咲く山百合が、息苦しいまでの恋を象《かたど》っています。

●一面のスカシユリ（東小川）

小川町から歌を見る！

小川町ではスカシユリとヘメロカリスが人びとを楽しませてくれます。スカシユリは斜面いっぱいに咲き、青山ではヘメロカリスの色とりどりの花が次々と咲き誇ります。

39

夕《ゆふ》されば　小倉《をぐら》の山に　鳴く鹿《しか》は　今夜《こよひ》は鳴かず　寝《い》ねにけらしも

巻8・一五一一　舒明天皇《じょめいてんのう》

大意▼夕方になるといつも小倉山で鳴いている鹿が、今夜は鳴かない。安らかに寝てしまったに違いない。

解説▼『万葉集』には「岡本天皇《おかもとのすめらみこと》」の作とあります。岡本宮を皇居とした舒明天皇をさします。舒明天皇は天智天皇・天武天皇の父で、万葉時代に特別に慕われた天皇です。今夜鹿が鳴かないのを、妻を得て安らかに寝たにちがいないと想像しています。夜の静けさと鹿を思う温かな心が、簡素なことばとゆったりした調べから感じられます。

●生息が確認されている鹿（腰越・上古寺）

小川町から歌を見る！

町の山間部には鹿が生息しています。このように動物と人間が共生できる美しい環境が小川町にはまだ沢山あります。

40

彦星《ひこほし》し　妻迎《つまむか》へ舟《ぶね》　漕《こ》ぎ出《い》づらし　天《あま》の川原《かはら》に　霧《きり》の立てるは

巻8・一五二七　山上憶良

大意▼彦星が妻迎え船を漕ぎ出したにちがいない。天の川の川原に霧が立ったのは。

解説▼七夕は七月七日の夜、牽牛《けんぎゅう》と織女の二星が一年に一度だけ、天の川を渡って逢うことを祭る行事です。中国の伝説では、織女が天の川を渡り牽牛を訪ねます。万葉時代の人々はこの伝説を、日本の男女の婚姻の習俗になぞらえて受け止め、この歌のように牽牛が舟で織女を訪ねると考えました。舟の雫が霧となるというのは美しい想像です。

●七夕祭り

小川町から歌を見る！

小川町の七夕祭りは昭和24年に始まりました。和紙で作った飾りの下で繰り広げられるイベントに町は祭り一色となります。毎年３万人が訪れる、和紙の町を象徴する祭りです。
【7月末の土日に開催】

41

萩の花　尾花《をばな》葛花《くずはな》　なでしこの花　をみなへし　また藤袴《ふぢばかま》　朝顔の花

巻8・一五三八　山上憶良

大意▼萩の花に、尾花に、葛の花に、なでしこの花に、おみなえしに、それから藤袴に、朝顔の花。

●オミナエシ
●キキョウ

小川町から歌を見る！

「萩の花・尾花・くず花・なでしこの花・おみなえし・あさがおの花」が秋の七草です。尾花はススキ、朝顔は桔梗《ききょう》とされています。小川町ではまだ目にすることができる、秋の花々です。

解説▼

憶良が秋の野に咲く七種の花を指折り数えた歌です。この歌は歌謡的な旋頭《せどう》歌《か》体（五七七五七七）になっています。憶良が「七種」の花を挙げたのは、仏教の「七宝《しちほう》」を意識してです。極楽浄土は金・銀・瑠璃《るり》など七つの宝で飾られています。憶良は野に美しく咲く花こそ、この世を生きる人間の「七宝」と考えたのです。

42

夕月夜《ゆふづくよ》　心もしのに　白露《しらつゆ》の　置《お》くこの庭《には》に　こほろぎ鳴くも

巻8・一五五二　湯原王《ゆはらのおおきみ》

大意▼月の出ている夕暮れに、心が引きつけられて、白露の置くこの庭にこおろぎが鳴くことよ。

解説▼

湯原王は志貴皇子の子です。中国文学の知識を踏まえながら、清新で繊細な歌を詠みました。この歌の月光・露・こおろぎの取り合わせも、中国文学に学んだものです。それらを静かで情感の深い調べに乗せて、秋の哀れを表現しました。「心もしのに」は、最新の説によれば、心が何かに切実に引き寄せられてゆくことを意味します。

●コオロギ

小川町から歌を見る！

エンマコオロギは「コロコロリー」、ツカドコオロギは「ジキジキッ・ジキジキッ」と鳴きます。また「ジィッ・ジィッ・ジィッ」と鳴くコオロギもいます。

43

常世《とこよ》辺《へ》に　住むべきものを　剣《つるぎ》大刀《たち》　汝《な》が心から　おそやこの君

巻9・一七四一　高橋虫麻呂《たかはしのむしまろ》

大意▼常世の国に住むべきであったのに、（剣大刀）自分の心のせいで、愚かなことよ。おまえ様は。

解説▼虫麻呂は伝説に取材して人間について考察した異色の歌人です。この歌は浦島伝説を詠んだ長歌の反歌です。長歌では、不老不死の理想郷「常世」に渡った主人公が父母に挨拶したいと故郷に帰り、家のないことに驚き、玉手箱を開け命を失います。反歌の〝愚か者〟という罵《ののし》りは、この世を生きる人間としての親しみから出たことばです。

●たぬき汁のお話（『小川町の歴史・民俗編』より）

小川町から歌を見る！

小川町にも百話を超す民話が伝えられています。「たぬき汁」もその一つです。

44

埼玉《さきたま》の　小崎《をさき》の沼に　鴨《かも》ぞ翼霧《はねき》る　己《おの》が尾に　降り置ける霜を　掃《はら》ふとにあらし

巻9・一七四四　高橋虫麻呂

大意▼埼玉の小崎の沼で鴨が羽ばたきをして、しぶきを飛ばしている。自分の尾に降り置いた霜を掃おうと思ってのことにちがいない。

解説▼虫麻呂は藤原宇合《ふじわらのうまかい》の部下として常陸国《ひたちのくに》（茨城県）に下りました。『常陸国風土記』の編纂にも関わったようです。この歌は小崎の沼（埼玉県行田市《ぎょうだ》）を訪れた時の旋頭歌です。一群の鴨が羽をはばたかせて水しぶきをあげる晩秋の夜の寒々とした情景を詠んでいます。尾の霜を掃うのは共寝のためで、ここには家郷を思う心が込められています。

●槻川の鴨

小川町から歌を見る！

鴨は、町内に点在する溜池や沼でも愛くるしい泳ぎを見せてくれます。万葉時代から数えて幾世代目の鴨なのでしょうか。

45

春されば　まづさきくさの　幸《さき》くあらば　後《のち》にも逢《あ》はむ　な恋《こ》ひそ我妹《わぎも》

巻10・一八九五　柿本人麻呂歌集

大意▼春になるとまっ先に咲くさきくさのように、幸《さき》く、無事であれば、後にも逢えるでしょう。そんなに恋しがらないでください。わが恋人よ。

解説▼柿本人麻呂歌集はやや私的な場で詠まれた人麻呂の歌を集めた歌集で、『万葉集』に吸収され現存しません。自然と人間、人間と人間の間の強い結びつきを感じさせる歌が多数あります。「さきくさ」は原文に「三枝」とあり、ミツマタと考えられます。春最初に咲く、おめでたい名を持つさきくさにちなんで、二人の仲の永続を約束したのです。

●みつまたの花

小川町から歌を見る！

ミツマタも楮《こうぞ》も和紙には欠かせない大切な植物です。これらの樹皮の繊維が和紙の原料となります。和紙体験学習センターや埼玉伝統工芸会館で体験実習ができます。

46

道の辺《へ》の　いちしの花の　いちしろく　人皆知りぬ　我《あ》が恋妻《こひづま》は

巻11・二四八〇　柿本人麻呂歌集

大意▼道端のいちしの花の名のように、「いちしろく」（はっきりと）皆が知ってしまった。私の恋妻を。

●彼岸花

小川町から歌を見る！

路傍に赤く燃えるように咲く彼岸花は、小川の美しい秋の景色の一つです。田畑の畦《あぜ》道、川原のあちこちで見ることができます。

解説▼

「いちし」については、彼岸花、エゴノキなどの説があります。「いちし」は『万葉集』には、この一首しか詠まれていません。古代では恋愛関係が人に知られることを大変恐れました。しかし、この歌は「い、い、いちしの花のい、いちしろく」と心地よく同音を繰り返し、人に知られてしまったことをどこか楽しんでいるようなところがあります。

47

新室《にひむろ》の　壁草刈《かべくさか》りに　いましたまはね　草のごと　寄《よ》り合《あ》ふ娘子《をとめ》は　君がまにまに

巻11・二三五一　柿本人麻呂歌集

大意▼この新築の家の壁草を刈りにいらしてください。その草のように靡《なび》き寄り合うおとめは、あなた様のお心のままです。

解説▼
新築のお祝いの宴で詠まれたと推測されている旋頭歌です。万葉時代の一般的な家屋の壁はススキやチガヤなどで葺《ふ》かれました。その壁材を刈るために、若い男性を誘っています。若い美しい女性がよりどりみどりだから、と。多くの人々が集まり、若い男女が出会うことが、その新築の家の未来を祝福することになると考えられていました。

●四津山神社の神楽の餅撒き（高見）

小川町から歌を見る！

家を新築すると餅や半紙に包んだ小金を撒いて祝う風習が小川町には残っています。四《よ》津《つ》山《やま》神社では神楽を演じながら紅白の餅を、下小川では初午《はつうま》の祭典でだんごが撒かれます。

48

我《わ》が命《いのち》し　衰《おとろ》へぬれば　白栲《しろたへ》の　袖のなれにし　君をしぞ思ふ

巻12・二九五二　作者未詳

大意▼私の命もすっかり老い衰えてしまったので、白栲の袖がなれて、よれよれになるように、馴《な》れ親しんだあなたのことをなつかしく思います。

●ヒメコウゾの赤い実（上古寺）

小川町から歌を見る！

「白栲」はカジノキなどの樹皮の繊維で織った白い布。和紙の原料の楮《こうぞ》は、カジノキとヒメコウゾが交配してできたといわれています。どちらも町内で見ることができます。

解説▼

作者未詳歌には老女が昔の恋をなつかしむ歌が時々見られます。これらは、男女が歌の掛け合いをして結婚相手を選ぶ古代の行事「歌垣《うたがき》」に由来します。歌垣では老女が若き日の恋愛経験を歌い、若い人々へ教訓を与えました。この歌は馴れ親しんだ人の大切さを教えているようです。「白栲の袖」は相手の魂が宿るところとされていました。

49

磯城島《しきしま》の　大和《やまと》の国は　言霊《ことだま》の　助《たす》くる国ぞ　ま幸《さき》くありこそ

巻13・三二五四　柿本人麻呂歌集

大意▼（磯城島の）大和の国は、ことばの霊力が人を助ける国です。どうかご無事でいらしてください。

解説▼外国への使節が出発する時に柿本人麻呂が作った長歌の反歌です。長歌では〝大和の国は本来ことばに出して言いたてる国でないが、私はあえてことばに出して祈る〟と歌います。外国への船旅の安全を願う切実な心が、「ことばにはそれを実現させる霊力が宿る」という、古くからの言霊に対する信仰を一層厚いものとしたのです。

●入の貝戸のほととぎすのお話
（『小川町の歴史・民俗編』より）

小川町から歌を見る！

小川町には地名に関わる伝説や心温まる民話がいくつもあります。万葉人のように言葉の霊力を信じ、幸せな未来をことばにして、空、山、川に発してみてはいかがでしょうか。

郵 便 は が き

料金受取人払郵便

神田局
承認

1330

差出有効期間
平成 28 年 6 月
5 日まで

101-8791

504

東京都千代田区猿楽町 2-2-3

笠間書院 営業部 行

■ 注 文 書 ■

◎お近くに書店がない場合はこのハガキをご利用下さい。送料 380 円にてお送りいたします。

書名　　　　冊数

書名　　　　冊数

書名　　　　冊数

お名前

ご住所　〒

お電話

読　者　は　が　き

●これからのより良い本作りのためにご感想・ご希望などお聞かせ下さい。
●また小社刊行物の資料請求にお使い下さい。

この本の書名＿＿＿＿＿＿＿＿＿＿＿＿＿＿＿＿＿＿＿＿

本はがきのご感想は、お名前をのぞき新聞広告や帯などでご紹介させていただくことがあります。ご了承ください。

■本書を何でお知りになりましたか（複数回答可）

1. 書店で見て　2. 広告を見て（媒体名　　　　　　　　　）
3. 雑誌で見て（媒体名　　　　　　　　　）
4. インターネットで見て（サイト名　　　　　　　　　）
5. 小社目録等で見て　6. 知人から聞いて　7. その他（　　　　　　　　　）

■小社 PR 誌『リポート笠間』（年 2 回刊・無料）をお送りしますか

はい　・　いいえ

◎上記にはいとお答えいただいた方のみご記入下さい。

お名前

ご住所　〒

お電話

ご提供いただいた情報は、個人情報を含まない統計的な資料を作成するためにのみ利用させていただきます。個人情報はその目的以外では利用いたしません。

50

筑波嶺《つくはね》に　雪かも降《ふ》らる　いなをかも　愛《かな》しき子《こ》ろが　布乾《にのほ》さるかも

巻14・三三五一　東歌《あずまうた》

大意▼筑波山に雪が降ったのだろうか。そうではないのかな。いとしいあの子が布を晒《さら》しているのかな。

●小川で織られた絹製品

小川町から歌を見る！

養蚕と絹織物を作る技術は、弥生時代に大陸から伝わりました。江戸時代から小川町は養蚕と絹織物の産地として栄え、小川絹は高級和服の裏絹として今日に引き継がれています。

解説▼東歌は、中央とはことばや文化が異なる特別な地域と考えられた東国《とうごく》のやまと歌です。有力な首長の歌や首長のもとで歌われた農民の歌からなり、暮らしに密着した野性味があります。この歌では筑波山の麓に雪と見まがうばかりにたくさん干された白い布を讃美しています。布作りの繁栄を、恋の心を込めて歌うところがいかにも東歌です。

51

多摩川《たまがは》に　さらす手作《てづく》り　さらさらに　なにぞこの子《こ》の　ここだ愛《かな》しき

巻14・三三七三　東歌

大意▼多摩川で晒《さら》す手織りの白い布ではないが、さらにさらに、どうしてこの子がこれほど切ないまでにいとしいのだろうか。

解説▼武蔵国は、多摩川沿いに「調布」「布田《ふだ》」という地名も残るように、布を貢物《みつぎもの》として朝廷に献上する国でした。女性たちが衣の裾をたくし上げて麻布を川の水に晒す作業は、若い男性たちの心をときめかせたことでしょう。「かなし」は、東歌では、どうしようもないいとしさを表すことばとして使われています。

●槻川の流れ（増尾）

小川町から歌を見る！

正倉院には古代に小川地域から税として納められた布が残されています。槻川《つきがわ》は緋《ひ》染の裏絹をさらした流れです。

52

君が行く　海辺《うみへ》の宿《やど》に　霧《きり》立たば　我《あ》が立ち嘆く　息《いき》と知りませ

巻15・三五八〇　作者未詳

大意▼あなたが行く海辺の宿に霧が立ったならば、それは私が門に立って嘆いている息だとおわかりになってください。

解説▼

天平八年（七三六）に新羅《しらぎ》に派遣された外交使節の妻が詠んだ歌です。古代の航海技術は未熟で、特に外洋航海は大きな危険を伴いました。万葉時代には、ため息が霧になると考えらていました。この歌では、夫の旅先の霧が自分のため息であると言います。遠方の霧でさえ、自分と夫の繋がりを確認するものとしたかったのです。

●紅葉の中を走る八高線（木呂子）

小川町から歌を見る！

JR 八高線の車窓から眺める小川町の紅葉は旅情を誘います。

53

君が行く　道の長手《ながて》を　繰《く》り畳《たた》ね　焼き滅ぼさむ　天《あめ》の火もがも

巻15・三七二四

狭野弟上娘子《さののおとがみのおとめ》

大意▼あなたが行く長い道を手繰り寄せ、折り重ねて焼き滅ぼしてしまう天の火がほしい。

●神社の祭礼に作られる茅の輪（大塚八幡神社）

小川町から歌を見る！

大塚八幡神社には鎌倉幕府最後の将軍守邦親王《もりくにしんのう》がこの地に逃れ、梅王子と名乗って再起を図ったという伝承があります。

解説▼

作者名の「弟上」は写本によっては「茅上《ちがみ》」とあります。作者は下級の女官で中臣宅守《なかとみのやかもり》と結婚しましたが、まもなく宅守は何らかの罪で越前国《えちぜんのくに》（福井県北東部）に流されました。二人の間で交わされた六十三首の歌は、〝天平の悲恋物語〟と言えます。その中でも激しく感情を叩きつけるように詠んだこの歌は圧巻です。

54

食薦《すごも》敷き　青菜《あをな》煮《に》て来《こ》む　梁《うつはり》に　行縢《むかばき》懸《か》けて　休めこの君

巻16・三八二五　長意吉麻呂《ながのおきまろ》

大意▼食薦を敷き、青菜を煮て持って来ましょう。梁《はり》に行縢をかけて休んでいてください。あなた様。

解説▼長意吉麻呂が、互いに関係のない題を与えられ、即興的に歌にまとめた中の一首。この歌の題は「行縢」（乗馬の時に着ける毛皮製の脚覆い）、「青菜」（アブラナ科カブ）、「食薦」（食事の時に敷く薦）、「屋梁《うつはり》」（家の梁）でした。狩りの途中で立ち寄った家で女性が食事を出す、という場面に巧みにまとめました。万葉人の笑いが聞こえてきます。

●一面の菜の花畑（下里）

小川町から歌を見る！

春には埼玉伝統工芸会館近くに、町の有志が育てた菜の花畑が一面に広がります。新緑の山を背景に、新しい町の名所の一つとなっています。

55

勝間田《かつまた》の　池は我《われ》知る　蓮《はちす》なし　しか言ふ君が　鬚《ひげ》なきごとし

巻16・三八三五　作者未詳

大意▼勝間田の池は、私はよく知っています。蓮などありません。そうおっしゃるあなた様にお鬚がないようなものです。

解説▼新田部《にいたべ》親王は天武天皇の皇子です。「勝間田の池の蓮がすばらしかった」と言った親王に、婦人がこの歌で応じました。婦人は、「蓮」の当時の中国音が「恋」に通じることから、親王の言う「蓮」は女性のことと直観して、蓮などないのにあると言うのは、鬚があるのにないと言うのと同じ、とぴしゃりと言いました。これも笑いの歌です。

●古代蓮（古代蓮の里（埼玉県行田市）提供）

小川町から歌を見る！

古代蓮は凛《りん》と美しく咲きます。仙覚律師遺跡の近くの陣屋の沼は桜の名所ですが、古代蓮も良く似合う場所です。

56

織女《たなばた》し　舟《ふな》乗《の》りすらし　まそ鏡《かがみ》　清き月夜《つくよ》に　雲立ち渡る

巻17・三九〇〇　大伴家持《おおとものやかもち》

大意▼織女が舟を漕ぎ出したにちがいない。（まそ鏡）清らかな月夜に雲が湧きあがり、広がってゆく。

解説▼天平十年（七三八）、家持が二十一歳の時の歌。「独りきりで天の川を仰いで詠んだ」という説明がついています。家持は憶良の七夕の宴のことを思っていたようで、この歌は憶良の歌（㊵番）を受けるものとなっています。「妻迎へ舟」に乗って、織女は牽牛《けんぎゅう》のもとへと向かうのです。雲が月を隠す闇の中での二星の逢引きは神秘的です。

●織姫と彦星の七夕飾り

小川町から歌を見る！

天の川を隔てている彦星と織姫は、年に一度七夕の夜に会うとされています。万葉時代に伝わったこの伝説――。万葉歌人たちの天上の恋への憧れの心が、小川町の星祭りにも受け継がれていくのでしょうか。

57

天皇《すめろき》の　御代《みよ》栄えむと　東《あづま》なる　陸奥山《みちのくやま》に　金花《くがね》咲く

巻18・四〇九七　大伴家持

大意▼天皇様の御代が栄えるだろうと、東国にある陸奥山に黄金の花が咲く。

解説▼

天平二十一年（七四九）、東大寺大仏を美しく装うために必要な金が、陸奥《みちのくの》国《くに》（東北地方）で発見されました。感激した聖武《しょうむ》天皇の詔《みことのり》に応じて詠んだ長歌の反歌です。神代から天皇に仕えてきた大伴氏の誇りを高らかに歌う長歌の結びとして、天皇の統治する国土を黄金の花咲く地と讃《たた》えました。『万葉集』に詠まれた地名の北限の歌です。

●春の四津山

小川町から歌を見る！

町の北限に位置する四津山《よつやま》の山頂には室町時代の城跡があります。その麓を鎌倉街道上道が通っています。この道は軍馬が頻繁に行き交う幹線道路で、近くには古戦場もあります。

58

紅《くれなゐ》は　うつろふものぞ　橡《つるはみ》の　なれにし衣《きぬ》に　なほしかめやも

巻18・四一〇九　大伴家持

大意▼美しい紅は色褪《あ》せるもの。地味な橡《つるばみ》染めの着馴れた衣にやはり及ぶものではない。

●ベニバナ

小川町から歌を見る！

ベニバナもクヌギも小川町では手近なところで目にすることができます。散策して発見したら、この歌を朗誦してください。浮気はいけない、と心に留めながら。

解説▼天平感宝《かんぽう》元年（七四九）、越中《えっちゅう》（富山県）の国守家持が部下を諭《さと》した歌です。部下は都に妻がありながら、遊行女婦《うかれめ》に夢中になりました。紅はベニバナから得る染料で、鮮やかな赤色ですが、黄褐色に変色します。橡はドングリから得る染料で、灰汁《あく》を媒染剤《ばいせんざい》にすると黄褐色になり、万葉時代には無位の官人や庶民の服をこれで染めました。

59

春の苑《その》　紅《くれなゐ》にほふ　桃の花　下照《したで》る道に　出《い》で立つ娘子《をとめ》

巻19・四一三九　大伴家持

大意▼春の庭園が紅に美しく照り映えている。桃の花の下の照り輝く道に姿を見せて、そこに立ったおとめよ。

解説▼天平勝宝《しょうほう》二年（七五〇）、家持が越中で四度目の春を迎えた年の歌です。薄赤色に照り映える春の庭園を印象派の絵のように捉えています。その薄赤色の桃の花の下の光の空間におとめがすっと現れます。桃は中国原産。おとめは家持の都への憧れが生んだ幻想なのでしょう。越中の地で家持は現実を超えた美を表現する芸術家となりました。

●桃源郷（上古寺）

小川町から歌を見る！

桃の花も小川町の春を彩る花木です。わけても上古寺《かみふるてら》の滝《たき》ノ入《いり》の桃源郷《とうげんきよう》は是非訪ねていただきたい花桃の里です。

60

もののふの　八十《やそ》娘子《をとめ》らが　汲《く》み乱《まが》ふ　寺井《てらゐ》の上《うへ》の　堅香子《かたかご》の花

巻19・四一四三　**大伴家持**

大意▼（もののふの）大勢のおとめたちが、楽しげに、入れかわり立ちかわり汲む、寺の清水のほとりのカタクリの花よ。

●西光寺のカタクリ群生地（下小川）

小川町から歌を見る！

コミュニティ倶楽部の保護活動で、下小川の西光寺《さいこうじ》周辺の斜面は、春にはカタクリの花でおおいつくされます。毎年のカタクリ祭りにはたくさんの人が訪れます。【3月下旬開催】

解説▼前の歌の翌日の歌です。「もののふ」は朝廷に仕える文武百官のことです。その氏が多いことから、「八十《やそ》」にかかる枕詞として使われます。水を汲む女性たちは国庁に仕える官女たちですが、家持は都の女性たちも心に描いていたようです。堅香子はカタクリです。群生してうつむいて咲く紫色の花はおとめたちが水を汲んでいる姿のようです。

61

朝床《あさとこ》に　聞けば遥《はる》けし　射水川《いみづかは》　朝漕《こ》ぎしつつ　唱《うた》ふ舟人《ふなびと》

巻19・四一五〇　大伴家持

大意▼朝の床で聞くと、はるか遠い。射水川を朝漕ぎながら歌う舟人の声が。

解説▼前の歌の翌日の朝の歌です。眠れぬ夜を明かした家持は、朝の静けさの中で、はるか遠くから聞こえてくる音に耳を澄まします。それは射水川を遡《さかのぼ》る舟人の力強い歌声でした。射水川は高岡市を流れる今の小矢部《おやべ》川です。「朝」のリズミカルな繰り返しは、異郷のめずらしい習俗によって、浄化されてゆく心を表しているようです。

●静かに流れる槻川（増尾）

小川町から歌を見る！

小川町を流れる槻川《つきがわ》と兜川《かぶとがわ》は、上流から下流にかけて、季節ごとに美しく変化します。舟を浮かべてみたいですね。朝の舟歌が聞こえてきそうです。

62

春の野に　霞《かすみ》たなびき　うら悲《がな》し　この夕影《ゆふかげ》に　うぐひす鳴くも

巻19・四二九〇　大伴家持

大意▼春の野に霞がたなびいて、心の中は切ない。この夕方の淡い光の中でうぐいすが鳴く…。

解説▼天平勝宝三年（七五一）、家持は帰京します。しかし、期待とは裏腹に、都では藤原仲麻呂《ふじわらのなかまろ》が実権を握っていました。二年後の春、突然湧き上がってきた愁いを詠んだのがこの歌です。「うら悲し」は、人恋しい切なさで心が一杯になることを言います。この悲しみゆえに、明るいはずの春の霞の情景も愁いの色に染め上げられていきます。

●春の仙元山は美しい

小川町から歌を見る！

ウグイスのおぼつかない鳴き声が、春の訪れを告げます。それが美しい鳴声になる頃には野も山も春一色に包まれます。この素敵な町に住んでみませんか。

63

我《わ》がやどの　いささ群竹《むらたけ》　吹く風の　音のかそけき　この夕《ゆふへ》かも

巻19・四二九一　大伴家持

大意▼我が家《や》の庭の、わずかばかりの叢竹《むらたけ》に吹く風の音がかすかな、この夕暮れであるよ。

●竹林のそばに咲く二輪草（下里）

小川町から歌を見る！

下里にあるこの竹林のそばには、二輪草の群生地があります。白い小さな花が二個寄り添うように咲きます。竹林は屋敷林として多くの家々に見ることができます。

解説▼前の歌と同じ時の歌です。「夕《ゆふ》」が昼の時間の終わりとしての夕方を言うのに対して、「夕《ゆふへ》」は夜の時間の始まりとしての夕方をさします。竹の葉擦《はず》れは高く澄んだ軽い音です。家持はあたかも聴覚だけの存在になって、そのかすかな音を静けさの中で聞き取っています。孤独の中で研《と》ぎ澄まされた感覚が捉えた、音の世界です。

64

うらうらに　照れる春日《はるひ》に　ひばり上《あが》り　心悲《こころがな》しも　ひとりし思へば

巻19・四二九二　大伴家持

大意▼のどかに照っている春の光の中、ひばりは空高く上り、心の内には耐え難い悲しみが満ちている。たった独りで思うと。

●麦畑とタンポポの丘（中爪）

小川町から歌を見る！

タンポポの丘の下に広がる、緑のじゅうたんを広げたような麦畑からは、ヒバリが今にも飛立ちそうです。

解説▼

前の歌の二日後の歌。春を物思いの季節とする中国文学を踏まえながら、一層深い孤独感を歌いました。「心悲し」は「うら悲し」よりも悲痛な心を表します。その痛ましい心は、明るく穏やかな春の昼間の情景さえ愁いを帯びたものにします。〝独り思う〟内容は明らかではありません。家持自身にさえ捉え難い孤独の闇がここにあります。

65

韓衣《からころむ》 裾《すそ》に取り付き 泣く子《こ》らを 置きてぞ来《き》ぬや 母《おも》なしにして

巻20・四四〇一 他田舎人大島《おさたのとねりおおしま》

大意▼私の韓衣《からころも》の裾に取りすがって泣く子を、そのまま置いて来てしまった。母親もいないのに。

解説▼防人《さきもり》は九州北部の防備のため、東国農民から徴集された兵士です。三年交替で、二千人前後がこの任に就きました。防人歌は大伴家持が収集しました。大陸風の服で正装したこの歌の作者は部隊長であったのでしょう。立派な姿とは裏腹の深い悲しみが、「母なしにして」に伺えます。男手で育てた、人一倍かわいい子であったのです。

●忠霊塔（大塚）

小川町から歌を見る！

戦争に徴用され、再び小川の地を踏むことのできなかった多くの人びとが思い起こされます。

66

防人《さきもり》に　行《ゆ》くは誰《た》が背《せ》と　問ふ人を　見るが羨《とも》しさ　物思《ものも》ひもせず

巻20・四四二五　防人《さきもり》の妻

大意▼「防人に行くのはどなたのご主人」と尋ねる人を見るとうらやましい。その人は物思いもしないで。

解説▼

防人歌には後に残る家族の歌もあります。この歌は夫が徴集されて、自分だけが突然別世界に放り込まれてしまった悲しみを歌っています。防人の徴集を他人事のように呑気《のんき》に言う女性に激しい怒りをぶつけています。しかし、それは昨日までの自分であったかもしれません。天平宝字《ほうじ》元年（七五七）に東国からの防人は廃止されました。

●出征兵士の見送り（昭和 19 年）

小川町から歌を見る！

小川町でも出征兵士を送り出す家族の思いは複雑だったことでしょう。千年前と変わらない深い悲しみがよみがえります。

67

あぢさゐの　八重《やへ》咲くごとく　八つ代《やよ》にを　いませ我《わ》が背子《せこ》　見つつ偲《しの》はむ

巻20・四四四八　橘《たちばなの》諸兄《もろえ》

大意▼あじさいの花が八重に咲くように、八代までも長生きしてください。あなた様。あじさいを見るたびにあなた様を偲びましょう。

解説▼天平勝宝七歳（七五五）に丹比国人《たじひのくにひと》邸の宴で左大臣諸兄が詠んだ歌です。孝《こう》謙《けん》天皇を後ろ盾として藤原仲麻呂が権力を強める一方、聖武太上天皇《だいじょうてんのう》の病状は重く、不穏な空気に朝廷は包まれてゆきました。諸兄はごく親しい人々と宴席を催し、結束を確認しました。「八つ代」は数多くの天皇代。翌年、諸兄は失言を密告され辞職します。

●林道のアジサイ（栗山）

小川町から歌を見る！

雨が良く似合うアジサイの花は、小川町の栗山の林道沿いに咲きます。山に入るとめずらしいコアジサイを見ることもできます。

68

新《あらた》しき　年の初めの　初春《はつはる》の　今日《けふ》降《ふ》る雪の　いやしけ吉事《よごと》

巻20・四五一六　大伴家持

大意▼新しい年の初めの正月の今日降り積もる雪のように、いよいよ重なれ。良きことよ。

解説▼天平宝字《ほうじ》三年（七五九）元旦に、家持が因幡《いなば》（鳥取県東部）の国庁の宴で詠んだ歌。因幡への赴任は左遷でしたが、それは孝謙天皇の家持への最後の命令でした。家持は、地方における天皇の代行者として、元旦と立春が一致した日に、吉兆の雪が降る自然の調和を祝福しました。静かな情景には家持の孤独な祈りの心も込められています。

●西光寺の除夜の鐘

小川町から歌を見る！

人々は除夜の鐘を突いて煩悩《ぼんのう》を払い、新しい年に希望を託します。町内の寺院でもそれぞれに新しい年の幸いを祈りながら、初詣の人々を迎えます。

III

学僧仙覚と小川町

1　仙覚の生涯

幼くして研究を志す

「寛元本《かんげんぼん》万葉集」巻一末尾に記された年齢から逆算すると、仙覚は建仁《けんにん》三年（一二〇三）の生まれです。文永《ぶんえい》十年（一二七三）頃まで生存していたようです。仙覚は「東路《あづまぢ》の道の果《は》て」、つまり東海道最終国の常陸国《ひたちのくに》（今の茨城県）で生まれ、七歳頃『万葉集』の研究を志し、十三歳から〝写本を直接見て『万葉集』を究めたい〟と毎日神仏に祈り続けました（『万葉集註釈』）。その神仏の特徴から武家の出身と思われます（比企氏とは何らかの関係があったかもしれません）。

後嵯峨院《ごさがいん》に奉った『仙覚奏覧状《せんがくそうらんじょう》』で自分を「慈覚門人《じかくもんじん》」と記しています。慈覚大師（円仁《えんにん》）は天台宗の開祖最澄《さいちょう》の高弟で、中国から悉曇《しったん》（梵字《ぼんじ》）や密教を伝え、天台密教の基礎を確立しました。仙覚は、世界の根源を見極めることをめざす密教の思想と、悉曇の意味や法則を学び、和歌や歌学の研鑽《けんさん》も積みながら、『万葉集』の写本に出合う日に備えたのでした。

一般財団法人石川武美記念図書館蔵『仙覚奏覧状』（鎌倉末期写）

校訂事業に加わる

仙覚は四十歳頃には、将軍九条頼経《くじょうよりつね》の厚い信頼のもと、僧官第三位の律師に準ずる「権律師《ごんのりっし》」に就任していました。頼経は、寛元《かんげん》元年（一二四三）に歌人・古典学者の源親行《みなもとのちかゆき》に『万葉集』の写本の誤りを正すこと（校訂）を命じ、寛元四年に仙覚はこの事業に加わり、十二月に、鎌倉比企谷新釈迦堂《ひきがやつしんしゃかどう》（今の妙本寺《みょうほんじ》境内）で校訂本を作り、翌年二月に最終的な点検をしました（これが冒頭でふれた「寛元本万葉集」です）。

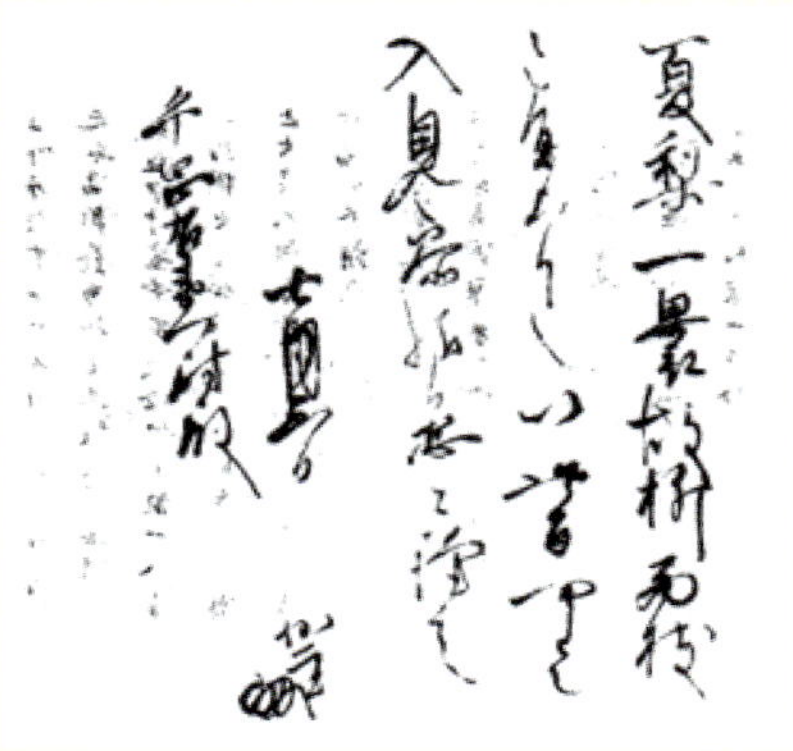

名古屋市蓬左文庫蔵『斉民要術』紙背の仙覚自筆書状
文永十年頃、北条実時の被官平岡実俊宛。夏梨（夏に熟する青梨）を贈ってモンゴル襲来に備える実時を慰問した。「夏梨一袋、ことさらに折りたる西枝を進上せしめ候ふなり。この旨を以て見参に入れしめ給ふべく候ふ。恐々謹言」。「西枝の梨」は大江匡衡の詩序を踏まえた遊び心。

「寛元本万葉集」では、仙覚が調べた写本に読み下しのなかった一五二首の歌を新たに読み下しています。建長《けんちょう》五年（一二五三）に、これらと、その研究経緯を記した『仙覚奏覧状』を後嵯峨院に献上しました。

研究に捧げた生涯

その後、仙覚は院の側近や有力御家人北条実時《ほうじょうさねとき》の支援を受け、文永《ぶんえい》二年（一二六五）に仙覚独自の見解に基づく新しい校訂本を完成しました（「文永二年本万葉集」）。この本は将軍宗尊親王《むねたかしんのう》（院の皇子）に献上され、翌年にその書写本を作り（「文永三年本万葉集」）、九年に点検、十年にさらに校訂本を作りました。この間、文永六年に武蔵国比企郡北方《きたかた》麻《ま》師《し》宇《う》郷政所《ごうまんどころ》で『万葉集註釈』を清書しました。仙覚は優れた歌人でもあり、天皇の命による歌集（勅撰集《ちょくせんしゅう》）にも歌が採られています（3「仙覚の和歌」参照）。

2　仙覚の業績

厳格な本文校訂

写本では誤写は避けられません。しかも、『万葉集』の平安時代の写本では、漢字本文は読み誤りやすい行書や草書で書かれ、誤写は起こりやすくなっていました。そこで仙覚は源親行《みなもとのちかゆき》が相伝した写本を基本にすえて「寛元本万葉集《かんげんぼん》」では六本、「文永二年本《ぶんえい》（および三年本）万葉集」ではさらに五本を加えた十一本を比較して本文を正しました。これほど大規模な比較は空前のことです。仙覚は自由に本文を改めることはせず、多くの写本の中から、前後の文脈にふさわしい本文を慎重に選び出しました。

今日私たちの読む『万葉集』はすべて「文永三年本万葉集」系統の西本願寺本《にしほんがんじほん》（鎌倉時代後期写。一般財団法人石川武美《いしかわたけよし》記念図書館蔵）に基づいています。西本願寺本が二十巻揃った最古の写本であることに加え、仙覚による厳格な本文校訂が高い信頼性を持っているからです。

漢字本文と緊密に対応した読み下し

平安時代には『万葉集』の歌は、〝平仮名で書かれた和歌〟として読めるように読み下されました。平安時代のことばを用い、漢字本文との対応もゆるやかです。また、平安時代の写本では読み下しは、漢字本文の次に改行して書くため、書写を重ねるうちにますます漢字本文から離れてゆきました。

これに対して、仙覚は漢字本文こそ『万葉集』の本体と考え、漢字本文に即し、『万葉集』の時代の古語で読み下しました。それゆえ、仙覚の校訂本では漢字本文の右傍《かたわ》らに小字の片仮名で読み下しを記す振り仮名形式を採っています。「文永二年本（および三年本）万葉集」では、仙覚以前の読み下しを墨、仙覚が改めた読み下しを紺青《こんじょう》、仙覚による初めての読み下しを朱で色分けし、仙覚による読み下しが明瞭にわかるようにしました。仙覚によって多くの歌が本来の姿を取り戻しました。

初めての本格的注釈書

仙覚の『万葉集註釈』（十巻）は、『万葉集』の研究史上初めての本格的な注釈書です。『万葉集』をまとまりのある「書物」と捉えて、書名・成立年代・編者を考察し、また、九四七首の歌について、一首の意味や難解な語句を、『風土記《ふどき》』などの日本古代の文献や中国の字書を参考にし、悉曇学《しったんがく》（梵字学《ぼんじがく》）の知識も応用しながら詳細に説明しました。特に東歌《あずまうた》・防人歌《さきもりうた》の解釈に大きな成果を残しました。仙覚の解釈はやや問題のあるところもありますが、その鋭い着眼は現在の研究の基礎となっています。

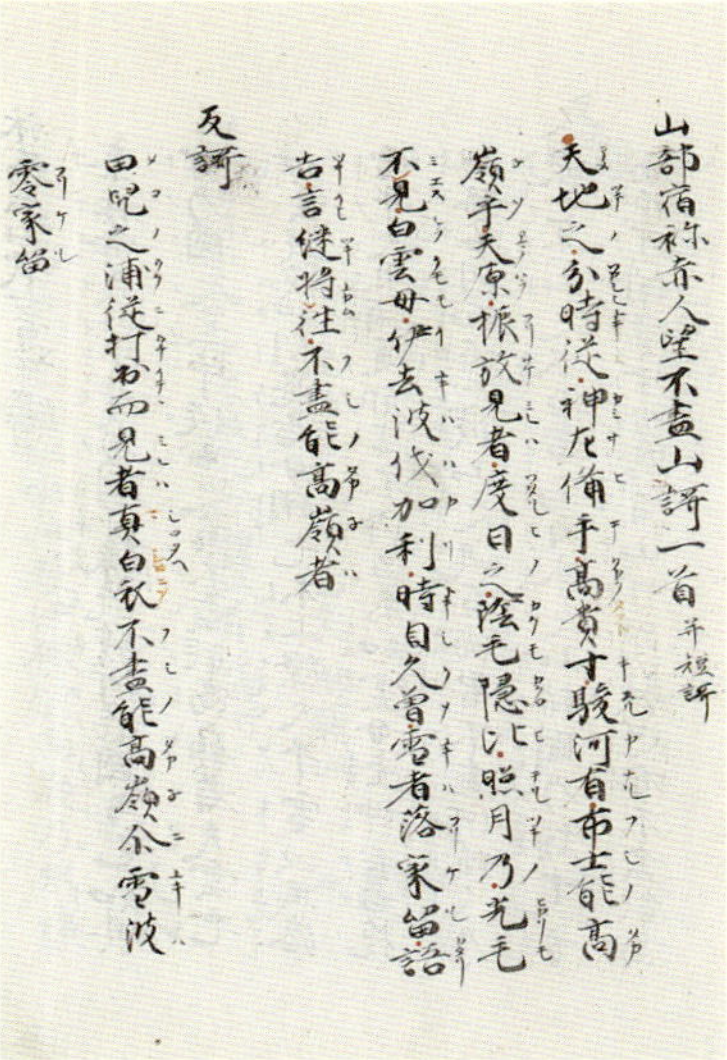

西本願寺本万葉集（一般財団法人石川武美記念図書館蔵）　巻三・三一七、三一八
山部赤人の富士山の歌の反歌（三一八番歌）の第三句「マシロニソ」は紺青（現在は茶に退色した上に朱書）で、仙覚が改めた読み下しであることがわかる。

3　仙覚の和歌

（出典中の漢数字は、『新編国歌大観』（角川書店刊）の番号）

①　花《はな》の歌《うた》とてよめる　　権律師仙覚《ごんのりつしせんがく》

面影《おもかげ》の　映《うつ》らぬ時《とき》も　なかりけり　心《こころ》や花の　鏡《かがみ》なるらむ

（『続古今和歌集《しょくこきんわかしゅう》』雑《ぞう》上・一五二一）

〔訳〕桜の花の姿がいつも面影に見えてならない。私の心は、花の姿を映し出す鏡なのだろうか。

〔出典〕『続古今和歌集』＝第十一番目の勅撰《ちょくせん》和歌集。後嵯峨《ごさが》院の命により、文永《ぶんえい》二年（一二六五）成立。仙覚は院に『仙覚奏覧状《せんがくそうらんじょう》』を奉っている。この歌は、『東撰和歌六帖《とうせんわかろくじょう》』（春・桜・一九〇）、『六華和歌集《ろっかわかしゅう》』（春・二五一）にも収録。『六華和歌集』は、仙覚の万葉学を受け継ぐ、藤沢《ふじさわ》の清浄光寺《しょうじょうこうじ》（遊行寺《ゆぎょうじ》）の僧由阿《ゆうあ》が編集したか。貞治《じょうじ》三年（一三六四）頃成立。

②　冬《ふゆ》の歌《うた》の中《うち》に　　権律師仙覚

昆陽《こや》の池《いけ》の　葦間《あしま》の水《みづ》に　影冴《かげさ》えて　氷《こほり》を添《そ》ふる　冬《ふゆ》の夜《よ》の月《つき》

（『続拾遺和歌集《しょくしゅういわかしゅう》』雑秋・六四七）

〔訳〕昆陽の池の、葦の繁みの間々《あいだあいだ》の水に、澄んだ白い光が映って、あたかも氷をそこに添えたかのように見せている冬の夜の月よ〈昆陽の池は、摂津国《せっつのくに》の歌枕《うたまくら》。今の兵庫県伊丹市《いたみし》の南部から尼崎市《あまがさきし》の北部にかけての一帯にあった池。奈良時代の僧行基《ぎょうき》が造ったとも言われる〉。

〔出典〕『続拾遺和歌集』＝第十二番目の勅撰和歌集。亀山院《かめやまいん》の命により、弘安《こうあん》元年（一二七八）成立。

③　秋《あき》の歌《うた》とて　権律師仙覚

秋風《あきかぜ》は　涼《すず》しく吹《ふ》きぬ　彦星《ひこぼし》の　結《むす》びし紐《ひも》は　今《いま》や解《と》くらむ

（『新拾遺和歌集《しんしゅういわかしゅう》』雑上・一五八八）

〔訳〕待ちに待った秋風は涼しく吹いて、彦星と織姫《おりひめ》の再会の時となった。一年前に彦星がしっかりと結んだ織姫の衣の紐は、今頃ほどけていることであろうか。

〔出典〕『新拾遺和歌集』＝第十九番目の勅撰和歌集。後光厳天皇《ごこうごんてんのう》の命により、貞治三年（一三六四）成立。

④　題知《だいし》らず　権律師仙覚

花《はな》ならば　咲《さ》かぬ梢《こずゑ》も　交《ま》じらまし　なべて雪降《ゆきふ》る　み吉野《よしの》の山《やま》

（『新続古今和歌集《しんしょくこきんわかしゅう》』雑上・一七九五）

〔訳〕それがもし桜の花であったとしたら、花の咲かない梢も交じることであろうに。一点も残すところなく、全てを白くして雪の降り積もる吉野の山よ。

〔出典〕『新続古今和歌集』＝第二十一番目の勅撰和歌集。後花園天皇《ごはなぞのてんのう》の命により、永享《えいきょう》十一年（一四三九）成立。なお、この歌は、『新和歌集《しんわかしゅう》』（冬・三〇六）にも収められている。

⑤　藤原時朝《ふぢはらのときとも》すすめの三十首歌《さんじつしゆうた》の中《うち》に　権律師仙覚

秋《あき》を待《ま》つ　天《あま》の河原《かはら》の　一夜妻《ひとよづま》　朝霧隠《あさぎりかく》れ　立《た》ち帰《かへ》るらむ

（『新和歌集《しんわかしゆう》』秋・一七〇）

〔訳〕ずっと秋の到来を待っていた、天の川の河原のたった一晩だけの妻である織姫は、この朝霧に姿を隠して家に帰ってゆくのだろうか〈詞書《ことばがき》の「すすめ」は、勧進歌会《かんじんうたかい》（寺社への信仰のために開く歌会）のこと〉。

〔出典〕『新和歌集』＝東国の宇都宮一族を中心に、その姻戚である藤原定家《ふじわらのていか》たちや、親しい東国の歌人たちの作品を集めた歌集。正元《しょうげん》元年（一二五九）、または弘長《こうちょう》元年（一二六一）成立。詞書の藤原時朝は、将軍源実朝《みなもとのさねとも》の側近であった塩屋朝業《しおのやともなり》（信生《しんしょう》法師）の子で、常陸国笠間《ひたちのくにかさま》領主の笠間時朝のこと。『新和歌集』の撰者と考えられている。

⑥　槿《あさがほ》の花《はな》を　権律師仙覚

朝顔《あさがほ》の　夕影待《ゆふかげま》たぬ　花《はな》にこそ　定《さだ》めなき世《よ》は　いとど知《し》らるれ

（『新和歌集』秋・二一八）

〔訳〕この世が無常であることは知っていたが、夕方の光を待つことなくしおれてゆく朝顔の花にこそ、そのことをますます思い知らされる。

⑦　権律師仙覚

吉野山《よしのやま》　花《はな》は夜《よ》の間《ま》に　散《ち》りにけり　木《こ》の下白《したしろ》き　春《はる》の曙《あけぼの》

（『東撰《とうせん》和《わ》歌《か》六帖《ろくじょう》』春・春《はる》の曙《あけぼの》・一〇三）

〔訳〕吉野山の桜の花は、夜の間にすっかり散ってしまったのだな。今は桜の木陰ばかりが、花の名残のようにほの白い、春の曙であることよ。

〔出典〕『東撰和歌六帖』＝鎌倉幕府の御家人《ごけにん》で、将軍宗尊親王《むねたかしんのう》を中心とする鎌倉歌壇の有力な歌人であった後藤基政《ごとうもとまさ》が編纂した歌集。東国の歌人たちの作品を広く集める。弘長元年（一二六一）から文永二年（一二六五）の間に成立。

なお、この歌は『東撰和歌六帖』抜粋《ばっすい》本（春・春の曙・五五）にも収められている。

⑧
禊《みそぎ》する　浮《う》きて流《なが》るる　木綿《ゆふ》しでの　寄《よ》るをや夏《なつ》の　とまりなるらむ

権律師仙覚

（『東撰和歌六帖』抜粋本《ばっすいぼん》・夏・夏の祓《はら》へ・二〇二）

〔訳〕禊をするために用いた、浮かんで流れてゆく木綿《ゆう》しでの集って寄せる場所が、夏という季節の行き着く先なのであろうか〈「木綿しで」は、楮《こうぞ》の樹皮の繊維で織った布である「木綿《ゆう》」で作り、玉串《たまぐし》や注連縄《しめなわ》に垂らすもの。「しで」は現在では紙で作る。この歌の禊は、旧暦六月末日に行われた六月祓《みなづきばら》え。なお、この歌は、『古今和歌集』の「年《とし》ごとにもみじ葉《ば》流《なが》す竜田川《たつたがは》水門《みなと》や秋《あき》のとまりなるらむ」（秋下・紀貫之《きのつらゆき》）を踏まえている〉。

〔出典〕『東撰和歌六帖』抜粋本＝『東撰和歌六帖』は第一帖春の部しか現存しない。江戸時代に書写された抜粋本によって、第二帖夏の部以降の歌の一部を知ることができる。

⑨
置《お》く露《つゆ》も　同《おな》じ色《いろ》なる　白菊《しらぎく》を　紫深《むらさきふか》く　いかで染《そ》むらむ
仙覚

（『東撰和歌六帖』抜粋本・秋・菊・三三五）

〔訳〕白菊に置く露も、白菊と同じ白い色である。その白露は、いったいどのようにして白菊を深い紫色に染めるのだろうか〈紫色に染めるとは、菊の色変わりのことを言う〉。

⑩
露《つゆ》ならで　とればとらるる　白玉《しらたま》の　かつ消《き》えぬるは　霰《あられ》なりけり
仙覚

（『東撰和歌六帖』抜粋本・冬・霰・四四七）

〔訳〕手にとることができない露とは違って、手にとることができる白玉、しかしすぐに消えてしまう白玉は、霰であったのだ。

⑪
庭《には》の雪《ゆき》　積《つ》もらぬほどは　待《ま》たれつる　人《ひと》のたのみ［　　　　　　］
仙覚

（『東撰和歌六帖』抜粋本・冬・雪・四八二）

〔訳〕庭の雪が積もらないうちは、来るのではないかと心待ちされていた人の〈以下、写本が破損していて不明〉。

仙覚略年譜（年齢は数え年）

西暦	年号	年齢	仙覚の事跡／＊歴史事跡
1203	建仁 3	1	常陸国（今の茨城県）に生まれる。
1209	承元 3	7	この頃『万葉集』の研究を志す。
1215	建保 3	13	写本を直接見て『万葉集』を究めたいと神仏に祈願し始める。
1221	承久 3	19	＊承久の乱。鎌倉幕府、朝廷に勝利する。
1235	嘉禎 1	33	＊この頃将軍九条頼経の妻、竹御所（源頼家の娘）の墓所に新釈迦堂が建立されたか（今の鎌倉の妙本寺境内）。仙覚は何代目かの供僧か。
1242	仁治 3	40	頼経が中心となって行った大和国当麻寺曼荼羅厨子の修理の結縁衆の一人として記録される。時に権律師。
1243	寛元 1	41	７月、頼経、源親行に『万葉集』の校訂本作成を命じる。
1246	寛元 4	44	正月、親行の校訂に重ねて校訂を行う。＊ 7 月 11 日、頼経、北条時頼を除こうとした企てにより都へ送還。7 月 14 日、読み下しの無かった 152 首の歌の読み下しを完了。12 月、相州鎌倉比企谷新釈迦堂僧坊で校訂本を書写し終える。
1247	寛元 5	45	2 月、校訂本の点検を終える（「寛元本万葉集」の完成）。
1251	建長 3	49	関本宿（今の南足柄市関本）に滞在して実地調査を行う。
1252	建長 4	50	北条実時、源氏物語注釈書『光源氏物語抄』著述のための資料の第一次収集完了。仙覚の説が引かれる
1253	建長 5	51	後嵯峨院に新たに読み下した 152 首に『仙覚奏覧状』を添えて奉る。後嵯峨院から和歌を賜る。
1265	文永 2	63	９月、新たな校訂本を完成（「文永二年本万葉集」）。12 月、後嵯峨院の命による『続古今和歌集』の編纂が終わる。仙覚の和歌も入集。
1266	文永 3	64	「文永二年本万葉集」を前年に将軍宗尊親王に献上したため、再度書写する（「文永三年本万葉集」）。
1269	文永 6	67	武蔵国比企郡北方麻師宇郷政所にて『万葉集註釈』を清書。
1272	文永 9	70	「文永三年本万葉集」を全面的に点検（「文永九年本万葉集」）。
1273	文永 10	71	7 月、北条実時に書状を添えて夏梨を送ったか。8 月、鎌倉にて新たな校訂本を完成（「文永十年本万葉集」）。
1274	文永 11	72	＊元・高麗連合軍来襲（文永の役）

4 『万葉集註釈』を完成した地——比企郡北方麻師宇郷政所

『万葉集註釈』の完成

仙覚自筆の『万葉集註釈』はまだ発見されていません。『万葉集註釈』の現存最古の写本は、『万葉集註釈』完成後まもなく書写された冷泉家時雨亭《れいぜいけしぐれてい》文庫本（巻一〈弘安《こうあん》八年（一二八五）写〉、巻三〈弘安十年写〉の二巻が現存）です。冷泉家時雨亭文庫本に写された仙覚自筆本の奥書《おくがき》には「書写了」とあり、既に草稿があったことがわかります。仙覚は比企郡北方麻師宇郷政所《きたかたましうごうまんどころ》において『万葉集註釈』を清書（加筆も含め）したと考えられます。一か月と少しという短期間で完成しているのもそのためです。

比企郡北方麻師宇郷政所

仙覚が『万葉集註釈』を完成した頃の比企郡は、この地を本拠地としていた有力御家人《ごけにん》の比企氏・畠山氏が滅びた後で、「北方」と「南方」に分けられ、北条氏が国守として支配していました。

麻師宇郷政所がどこかは史料がなく諸説あります。明治二十年（一八八七）の『増尾《ましお》村地誌』には、〝往時の増尾郷を増尾村・大塚村・飯田村・角山《かくやま》村に分村した〟という記事があり、明治以前には増尾郷（麻師宇郷）は、大字《おおあざ》大塚なども含む広い範囲であったとも考えられます。

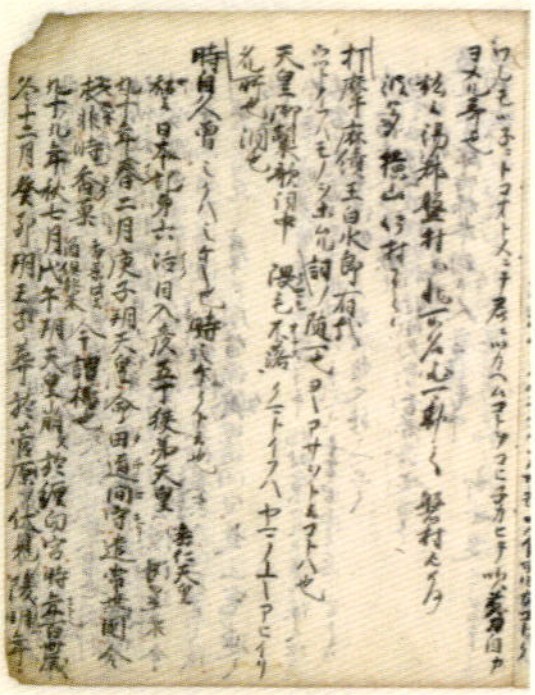

冷泉家時雨亭文庫本『万葉集註釈』巻一（冷泉家時雨亭叢書第三十九巻より）

栄広庵

栄広庵前の槻川

そこで、政所の場所ついては、①仙覚律師顕彰《けんしょう》碑の建つ中《なか》城《じょう》跡〔大字大塚〕、②猿尾山長昌寺《ましおざんちょうしょうじ》〔曹洞宗〕〔大字増尾〕、③栄広庵〔仙尋《せんじん》坊とも〕〔大字増尾〕などが候補地として挙げられています。小川町中心市街地域の高台にある①の中城跡は、発掘調査によって戦国時代の城跡であることが明らかになっています〔鎌倉時代の遺構は発見されていません〕。鎌倉時代の領主の邸が川や道の近くの低地に建てられたことを参考にするならば、佐佐木信綱が早く注目した、小川町を流れる槻川《つきがわ》が大きく蛇行するあたりに位置する、③の栄広庵の地が重要となりそうです。

信仰の地・比企郡

なぜ仙覚は小川の地を選んだのでしょうか。鎌倉時代の比企郡は、慈光寺《じこうじ》〔天台宗〕〔ときがわ町〕をはじめ将軍家が厚く崇敬した霊場の集まる信仰の地でした。仙覚と関わりの深い将軍九条頼経《くじょうよりつね》も慈光寺を崇敬しました。その頼経の妻、竹御所《たけのごしょ》〔母は比企氏〕の墓所に建立され仙覚が住まった新釈迦堂《しんしゃかどう》の、所領と政所〔事務取扱所〕が小川にあったのかもしれません。モンゴル襲来が迫る中、鎌倉の密教僧仙覚も騒然とした状況と無縁であったとは思えません。静かで、しかも「鎌倉街道上道《かみつみち》」も通って情報の入りやすく、清書に欠かせない和紙の調達も容易であった小川で、一気に自分の万葉学を仕上げ、弟子たちに残そうとしたのでしょう。

5　小川町と仙覚を結んだ人々——佐佐木信綱が拓いた道

佐佐木信綱《ささきのぶつな》 ●明治五年（一八七二）六月三日〜昭和三十八年（一九六三）十二月二日、九十二歳／伊勢国鈴鹿郡石薬師村（現三重県鈴鹿市石薬師町）生まれ

国文学者・歌人。東京大学文学部古典講習科卒業。結社・竹柏会（歌誌「心の花」を発行）を主宰。東京帝国大学文学部講師。文化勲章受章。生涯を通じて、短歌の普及と、『万葉集』と和歌史の研究に全力を傾けました。献身的な捜索によって貴重な古写本を次々と発見し、それらの異同を一覧できる『校本萬葉集』を足かけ十四年かけて大正十四年（一九二五）に完成し、近代万葉学の基礎を築きました。（写真は佐佐木信綱記念館 鈴鹿市蔵）

『万葉集』の基礎研究の先人として仙覚を敬慕し、『仙覚全集』『万葉集の研究 仙覚及び仙覚以前の万葉集の研究』などを刊行し、仙覚の学問的功績を明らかにしました。仙覚が『万葉集註釈』をまとめた比企郡北方《きたかた》麻《ま》師《し》宇《う》郷《ごう》の地にも強い関心を寄せ、その地を小川町と考え、短歌の門人で小川町出身の石川巌に調査を依頼しました。すぐに帰郷した石川は郷土史家の大塚仲太郎に相談し、大塚は情熱的に進めた調査の結果を佐佐木に報告し、小川の地で仙覚の功績が顕彰《けんしょう》されることになりました。

新墾《にひはり》の道をひらきし功《いさを》とはに　麻師宇の郷の名はとこしへに　後学　源信綱（仙覚律師顕彰碑裏面）
わが律師ふでおきつつも仰ぎ見けむ笠山の上《へ》にたゆたふ白雲（歌集『鶯』）

石川巌《いしかわいわお》 ●安政元年（一八五四）二月二日〜昭和十八年（一九四三）四月十八日、九十歳／武蔵国比企郡能増《のうます》村（現埼玉県比企郡小川町能増）生まれ

忍《おし》藩（今の埼玉県行田市に藩庁を置いた藩）の儒学者倉《くら》田《た》黙《もく》翁《おう》に師事し漢学と書学を修めました。明治初

年から東京に出て学塾に学び、巌谷《いわや》一六《いちろく》（児童文学者小波《さざなみ》の父）門下として書を究めました。短歌の指導を佐佐木に受けた縁で、仙覚と小川町の関係を広く世に伝えるきっかけを作りました。（写真は石川家蔵）

大塚《おおつか》仲太郎《なかたろう》●明治八年（一八五七）四月七日～昭和十六年（一九四一）十二月十日、六十七歳／武蔵国比企郡大塚村（現埼玉県比企郡小川町大塚）生まれ

小川尋常高等小学校で教鞭をとりながら、郷土の歴史を掘り起こしました。埼玉郷土会評議員として『埼玉県史』の編纂に協力し、その機関誌『埼玉史談』に仙覚、小川和紙、小川絹などについて多数の研究成果を発表しました。（写真は大塚家蔵）

認められた功績　仙覚への追贈

昭和三年（一九二八）十一月十日、昭和天皇即位大礼にあたり、仙覚は従四《じゅし》位《い》を追贈されました。これには佐佐木信綱を始めとする多くの研究者の尽力がありました。追贈の記念碑も建立されました。その銘文には、「天皇即位の大礼《たいれい》を挙げさせ給ふに当たりて畏《かしこ》くも仙覚に従四位を贈らせ給へり　昭和四年四月二日謹みてこれを勒《ろく》す」とあります。また、これにあわせるように天台宗からも僧官の第一位である「僧正《そうじょう》」の称号が追贈されました。

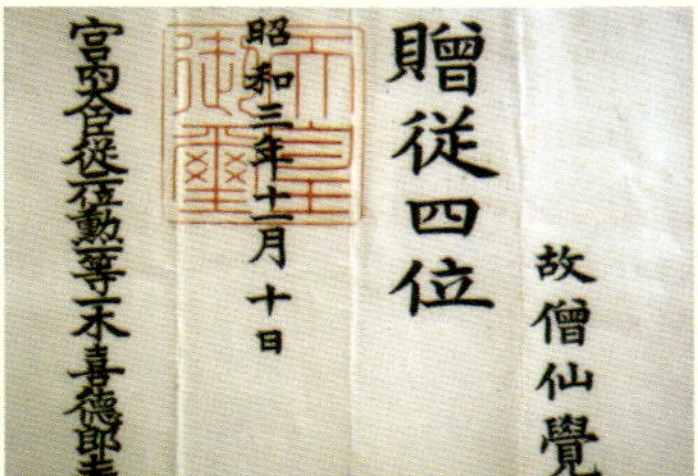

宮内省からの通知と仙覚の位記（小川町保管）

6　小川町における仙覚顕彰

仙覚律師遺跡保存会と仙覚律師顕彰碑

昭和二年（一九二七）二月二十五日、仙覚の輝かしい業績を広く人々に知らせ、その遺跡を保存顕彰《けんしょう》することを目的に、小川町において町長加藤忠雄や大塚仲太郎を発起人として「仙覚律師遺跡保存会」が設立されました。事務所は小川町役場（当時は大塚一一八四番地）に置かれました。会は百二十八名の篤志家の会員の寄付によって運営されました。

この年の三月三十一日に小川町大字《おおあざ》大塚の戦国時代の城跡である中城《なかじょう》跡が「仙覚律師遺跡」として埼玉県の史跡に指定されました（昭和三十六年に「旧跡」に指定替えされました）。仙覚律師遺跡保存会によって、仙覚が『万葉集註釈』を完成させた文永六年（一二六九）から数えて六百六十年にあたる昭和三年に、この仙覚律師遺跡の地に顕彰碑が建立されました。佐佐木信綱が記した碑文には、仙覚への佐佐木の強い敬慕と、その顕彰のための小川町の人々の並々ならぬ熱意と努力が窺えます。

仙覚律師顕彰碑

【仙覚律師顕彰碑文（表）】

（字体は常用漢字体・通行字体に改め、濁点、句読点、振り仮名を加えた）

日本弘道会会長従二位勲二等伯爵徳川達孝《さとたか》篆額《てんがく》
東京帝国大学文学部講師文学博士佐佐木信綱撰文《せんぶん》

仙覚律師は中世における万葉学再興の祖なり。建仁《けんにん》三年東国に生《うま》る。年十三、始めて万葉集の研究に志し、寛元《かんげん》四年、将軍藤原頼経《ふじはらのよりつね》の命を受けて、幾多《いくた》の旧本を参照し、初度の校定本を作り、古来いまだ読み得《え》ざりし百五十二首の歌に新たに訓点《くんてん》を加へたりき。建長《けんちやう》五年、その新点の歌を後嵯峨《ごさが》上皇に奉《たてまつ》りしに、叡感斜《えいかんなな》めならず。御製《ぎよせい》一首を賜《たま》はりぬ。弘長《こうちやう》元年、更に校勘《かうかん》に努め、文永《ぶんえい》二年、再度の校定本を作れり。また別に万葉集註釈の筆を起し、博引旁証《はくいんばうしよう》至らざるなく、同六年四月、その大著を完成せり。時に齢《よはひ》六十七なりき。この地は武蔵国比企郡北方麻師宇郷に当り、実にその著の稿を脱せし所なりといふ。今茲《こんじ》昭和三年は、文永六年より計《かぞ》へて六百六十年なれば、郷人相謀《きやうじんあひはか》りて、記念の碑を建つ。嗚呼《ああ》、律師の業績はかの集と共に万葉に朽ちず。その光永く学界を照さむ。

昭和三年四月
前國學院大學講師岡山高蔭《こういん》書／曾根多志三刻

仙覚律師贈位奉告祭と仙覚遺跡建碑式典

一年後の昭和四年十一月十日に、仙覚律師贈位奉告祭と仙覚遺跡建碑式典が、小川小学校講堂で行われました。日本弘道会小川支会と仙覚遺跡保存会主催で、顕彰碑完成を記念する講演会も開催され、篆額《てんがく》（篆書《てんしょ》の題字）を揮毫《きごう》した徳川達孝《さとたか》（大正天皇の侍従長を務めた）、撰文《せんぶん》の佐佐木信綱、また漢詩人の国府種徳《こくぶたねのり》（犀東《さいとう》）、日本弘道会主事の廣江萬次郎が講演しました。国府は記念に二幅の掛軸を残しました。

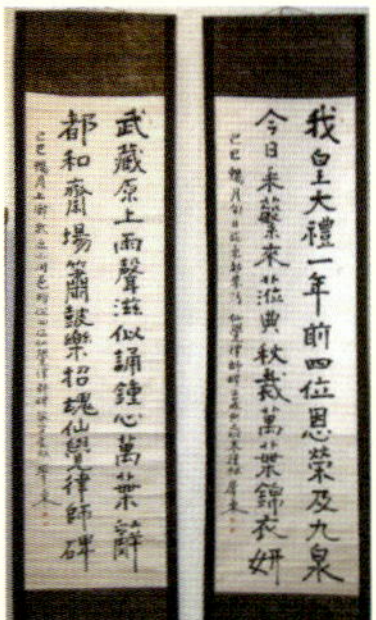

国府種徳（犀東）から贈られた掛軸

仙覚についての参考文献

・佐佐木信綱編『仙覚全集』萬葉集叢書第八輯、古今書院、一九二六、臨川書店、一九七七（複製版第二刷）
・時枝誠記「古典註釈に現れた語学的方法―特に萬葉集仙覚抄に於ける―」『京城法文学会第二部論纂』第三冊（日本文化叢考）、刀江書院、一九三一―九
・井上通泰『萬葉集雑攷』明治書院、一九三二
・稲村坦元・川口彝雄「仙覚律師の萬葉集抄と埼玉」『埼玉史談』旧第5巻第2号、一九三三―一一
・田口慎二『郷土に印せる緇徒の足跡 A』埼玉県立図書館、一九三七
・大塚仲太郎「麻師宇郷と猿尾氏」『埼玉史談』旧第9巻第3号、一九三八―一
・佐佐木信綱『萬葉集の研究　仙覚及び仙覚以前の萬葉集の研究』岩波書店、一九四二
・稲村坦元「萬葉学者仙覚律師の遺蹟について」『新風土記』第4巻第8号、一九四三―八
・稲村坦元「文学報国顕彰史蹟仙覚律師の遺蹟に就いて」『史蹟名勝天然記念物』第18集11号、一九四三―一一
・佐佐木信綱『萬葉集の研究第二　萬葉集古写本の研究』岩波書店、一九四四
・久松潜一『萬葉研究史』要書房、一九四八
・武田祐吉「萬葉集抄・仙覚・仙覚本」『萬葉集大成』第二巻〈文献篇〉、平凡社、一九五三、一九八六（新装復刊）
・竹田鉄仙「万葉集学者仙覚の悉曇学について」『東海仏教』第3輯、一九五七―一〇
・竹田鉄仙「万葉集学者仙覚の悉曇学―再考―」『愛知学院大学論叢（一般教育研究）』第1号、一九五八―一二
・小川町・小川町史編纂委員会編集・発行『小川町史』一九六一
・吉永登『萬葉―通説を疑う』創元社、一九六九
・武田祐吉『武田祐吉著作集』第六巻〈万葉集篇Ⅱ（万葉集校定の研究、万葉集書志）〉、角川書店、一九七三
・大久保正『万葉集の諸相』明治書院、一九八〇
・京都大学国語国文学研究室篇『仁和寺蔵　萬葉集註釈』京都大学国語国文資料叢書別巻二、臨川書店、一九八一
・築島裕『西本願寺本萬葉集 解説』主婦の友社、一九八四

仙覚についての参考文献

・村田正博「仙覚の志」『人文研究（大阪市立大学文学部紀要）』（国語・国文学）第43巻第10分冊、一九九一―一二

・財団法人冷泉家時雨亭文庫編『金沢文庫本万葉集巻第十八　中世万葉学』冷泉家時雨亭叢書第三十九巻、朝日新聞社、一九九四

・村田正博「仙覚『萬葉集註釈』の形成―清輔『袋草紙』とのかかわりをめぐって―」『萬葉学藻』塙書房、一九九六

・村田正博「仙覚『萬葉集註釈』の形成―顕昭『袖中抄』とのかかわりをめぐって―」桑原博史編『日本古典文学の諸相』勉誠社、一九九七

・小川町編集・発行『小川町の歴史』資料編2〈古代・中世Ⅰ〉、一九九九、通史編上巻、二〇〇三

・中嶋真也「仙覚と歌学―『万葉集註釈』所引「或（有）抄」の検証―」『国語と国文学』第77巻第10号、二〇〇〇―一〇

・中嶋真也「仙覚と六条家本万葉集」『上代文学』第85号、二〇〇〇―一一

・乾善彦『漢字による日本語書記の史的研究』塙書房、二〇〇三

・小川町編集・発行『小川町合併五〇周年記念　小川町のあゆみ（小川町の歴史　普及版）』二〇〇五

・小川靖彦『萬葉学史の研究』おうふう、二〇〇八（二刷）

・落合義明「比企の観音霊場をめぐる武士たち」峰岸純夫監修・埼玉県立嵐山史跡の博物館編『東国武士と中世寺院』高志書院、二〇〇八

・小川町教育委員会編集・発行『小川町指定史跡中城跡保存管理計画書』二〇一〇

・小川剛生「万葉研究のさきがけ仙覚の偉業」『ＮＨＫ日めくり万葉集』vol.18、講談社、二〇一一―八

・岡﨑真紀子「中世における言語意識」前田雅之編『中世の学芸と古典注釈』竹林舎、二〇一一

・田中大士「万葉集〈片仮名訓本〉の意義」『万葉語文研究』第7集、和泉書院、二〇一一

・小川靖彦「仙覚の本文校定―『萬葉集』巻第一・巻第二の本文校訂を通じて―」『青山語文』第42号、二〇一二―三

・小川町・小川町教育委員会編集・発行『『万葉集』と仙覚律師と小川町』（改訂版）二〇一二

・岡﨑真紀子「院政期における歌学と悉曇学―音韻相通説をめぐって―」『和歌文学研究』第107号、二〇一三―一二

・小川靖彦『万葉集と日本人　読み継がれる千二百年の歴史』角川選書、KADOKAWA、二〇一四

監修者あとがき

学僧仙覚律師は『万葉集』の研究史上の巨星です。律師の献身的な研究があったからこそ、今日私たちは『万葉集』を読むことができます。律師の学問的情熱に深い敬意を覚えずにはいられません。

律師ゆかりの地である埼玉県小川町では、昭和の初めから町を挙げてその顕彰に努めてきました。そして、十二年ほど前より、小川町・同教育委員会、同観光協会と、有志が一体となって、律師の顕彰と、律師が生涯を捧げた『万葉集』の普及のために、努力を重ねて来ています。平成十七年の「万葉モニュメント」の設置、平成二十三年の小川町立図書館内の「おがわ仙覚万葉コーナー」の開設は、その重要な成果です。小川町を訪れた方々は、『万葉集』と小川町への深い愛着が示された「万葉モニュメント」や、現地ならではの充実した「おがわ仙覚万葉コーナー」に驚き、小川町がユニークな万葉の里であることを口コミで伝え、年々来訪者が増えています。

「万葉モニュメント」の設置から十年近く経たのを機に、小川町の取り組みをさらに多くの皆様に知っていただくために企画されたのが本書です。本書は、「万葉モニュメント」の解説と小川町・小川町教育委員会編集・発行のパンフレット『『万葉集』と仙覚律師と小川町』を土台としています。「万葉モニュメント」の選歌を担当し解説を執筆した村永清氏、「万葉モニュメント」の小川町関連の写真選択と記事の執筆、また『『万葉集』と仙覚律師と小川町』の製作を担当した新田文子氏と、小川靖彦の三名を中心に本書の製作を進めました。

監修者あとがき

「二　小川町・万葉うためぐり」については、「万葉モニュメント」を踏まえながら、小川が加筆修正しました。「三　学僧仙覚と小川町」の4〜6の項目と「仙覚略年譜」は、『『万葉集』と仙覚律師と小川町』をコンパクトにまとめ直したものです。その他の項目は小川が執筆しました。本書の文章化は実質的には小川が担当しましたが、村永・新田両氏から新しい情報を得ながらその作業を進め、校正段階でも確認をしてもらいました。

地図1は、『『万葉集』と仙覚律師と小川町』(改訂版)の地図をもとに、村永氏が新しい情報を加え、地図2は、「小川町ロードマップ＆タウンガイド　ＯＧＡＷＡＭＡＣＨＩ」(小川町観光協会発行)をもとに、新田氏が「二　小川町・万葉うためぐり」の写真の地点を示しました。

なお、「二　小川町・万葉うためぐり」の写真については、小川町教育委員会、新田文子氏撮影の「万葉モニュメント」に用いた写真を主に利用しました。「万葉モニュメント」の製作にあたり、中谷功氏、山崎洋一氏の尽力がありました。

昨年六月に長逝された故中谷氏が律師の顕彰と『万葉集』の普及に情熱的に取り組まれていたことを、特に記しておきたく思います。

本書を手に、全国から多くの皆様が小川町を訪れていただければこの上なく幸いです。

本書の企画・製作にあたっては、小川町長笠原喜平氏、氏が会長を務める小川町観光協会の全面的な支援がありました。また、図版の掲載については、諸機関よりご許可を賜りました。そして、橋本孝氏、重光徹氏を始めとする笠間書院編集部の皆様には、『万葉集』の研究と地域における普及活動を繋ぐ新たな試みにご賛同いただき、さまざまなアイディアを賜りました。記して謝意を表します。

平成二十六年五月

小川靖彦

万葉うためぐり

学僧仙覚ゆかりの武蔵国小川町《おがわまち》を歩く

2014（平成 26）年 6 月 10 日　初版第一刷印刷
2014（平成 26）年 6 月 30 日　初版第一刷発行

編　者　小川町観光協会

監　修　小川　靖彦（おがわ・やすひこ）

1961 年、栃木県生まれ。東京大学大学院人文科学研究科博士課程単位取得満期退学。専攻は日本上代文学（万葉集および万葉学史）、書物学（主に中国文化圏の巻子本）。国文学研究資料館、和光大学、日本女子大学を経て、青山学院大学教授。博士（文学）。上代文学会常任理事、全国大学国語国文学会常任委員、書学書道史学会諮問委員。『萬葉学史の研究』（おうふう）で上代文学会賞、全国大学国語国文学会賞受賞。著書はほかに『万葉集　隠された歴史のメッセージ』『万葉集と日本人』（ともに角川選書）など。

執　筆　村 永　清（むらなが・きよし）

1930 年、北九州、若松市生まれ。鹿児島大学卒。東芝メディカル広報部長、メディカルサプライジャパン社長、医療画像診断雑誌「映像情報」顧問を経て、現在、短歌結社誌「沃野社」所属、「おがわまち万葉会」を主宰。

新田　文子（にった・ふみこ）

『小川小学校誌』編さん室長や『小川町の歴史』編さんを経て、現在は「ふるさと歴史講座」などで普及啓蒙に取り組んでいる。「歴史の寺子屋」主宰。小川町文化財保護委員。著書に『東松山・比企の今昔』（共著）、『『万葉集』と仙覚律師と小川町』、『官営富岡製糸場工女取締　青木てる物語—養蚕と蚕糸—』など。

発行者　池田圭子
装　丁　笠間書院装丁室

発行所　笠 間 書 院

〒 101-0064　東京都千代田区猿楽町 2-2-3
電話　03-3295-1331　Fax 03-3294-0996
振替　00110-1-56002
ISBN978-4-305-70737-6 C0092

モリモト印刷・製本　●乱丁・落丁本はお取り替えいたします。
http://kasamashoin.jp/